P.V. GROSJEAN

LES FAKIRS MEURENT AUSSI

Roman policier

Les Presses du Midi

Du mëme auteur aux Éditions Les Presses du Midi :

"Les chats n'ont-ils pas neuf vies ?"

"À une minute près"

"Le Roi Noir persiste et signe"

"Trésor... vous avez dit trésor ?"

N.B. : l'illustration de couverture est extraite d'un album de Hergé : "Les sept boules de cristal"*. Elle a été reproduite ici avec l'autorisation de la fondation Hergé-Moulinsart. Elle représente l'entrée en scène du fakir Ragdalam, dont le nôtre avait copié l'allure et le costume.*

Impression PDM

121 avenue d'Orient - 83100 Toulon
Tel. : 04 94 16 90 20 - Fax : 04 94 16 90 29
Dépôt légal : mai 2003
ISBN : 2-87867-467-7

Chapitre I

- Euh… Excusez-moi… Vous êtes une femme ! ?

Dominique Delasnes eut un petit rire :

- Cela ne se voit pas ?

Son interlocuteur parut un peu décontenancé :

- Je vous présente mes excuses… Mais j'avais lu votre plaque, sur la porte du "Surcouf". J'avais lu, dis-je, "Agence Matari", puis en dessous : "Dominique Delasnes, détective privé".

- Et vous avez cru que tous les détectives et que tous les Dominique étaient, tous, de sexe masculin !

Le visiteur avala sa salive, regarda sa jeune interlocutrice, puis avança timidement :

- C'est que, moi aussi, je m'appelle Dominique…

- Moi c'est, plus exactement, Stéphanie-Dominique, mais mon second prénom a paru plus professionnel. Les amis disent « Stéphi », tout court.

Là-dessus, elle changea d'expression, son beau visage de blonde aux longs cheveux et aux yeux bleus prenant une allure quasi inquisitoriale, mais néanmoins aimable. Ouvrant un petit cahier d'écolier et saisissant un bic, elle demanda :

- D'abord votre nom. Vous êtes Dominique… Dominique… ?

- Dominique de la Roche-Aiguë.

- Vous êtes noble ?

- Si vous voulez… Mais plutôt fakir.

Stéphanie-Dominique déposa son bic et regarda curieusement l'autre Dominique :

- Fakir ? Vous plaisantez ?
- Pas du tout. Fakir et agrégé de physique.
- Vous êtes donc enseignant ? Dans les environs ?
- Oui, madame, puisque j'habite Cannes.
- Alors, Lycée Carnot ?
- Non, chez les Sœurs de l'Enfant Jésus, au Cannet.

La détective commençait à se demander si le visiteur ne se payait pas sa tête.

- Et pourtant, non, se dit-elle. Un type sérieux, semble-t-il. Bel homme, la trentaine. Des yeux intelligents, mobiles. Un complet veston cintré, avec nœud papillon et pochette assortie. Et de type européen, ce qui peut être surprenant pour un fakir.

Elle plaisanta :

- Ce sont vos élèves, chez les Bonnes Sœurs, qui vous appellent fakir ?
- Non, madame. Je suis fakir et je donne des séances publiques de fakirisme.

Stéphanie sentit s'éveiller un intérêt subit, ce qui arrive à bien d'autres dès que quelqu'un se met à parler d'occultisme ou de pouvoirs paranormaux.

- Toutefois, attention, madame. Mes séances sont contradictoires. Un fakir professionnel vient exécuter ses tours, et quand il a terminé j'entre en scène et explique que tout cela n'est que prestidigitation et mise en application de propriétés physiques mal connues du public. Je suis plutôt un anti-fakir, si vous voulez.

Dominique parlait sans forfanterie mais avec une certaine force de conviction. Du coup, l'autre Dominique (Stéphanie) en resta un moment silencieuse. Puis, changeant de ton :

- Mais, au fait, qu'attendez-vous de l'agence Matari ?
- Une protection, madame.

- Ceci ne rentre pas tout à fait dans le cadre des missions habituelles de notre agence. Qui vous a donné notre adresse ?

- Euh… La Mère Supérieure.

Une fois de plus, la détective resta un moment perplexe. Et plutôt que de poser une nouvelle question, elle préféra entrer dans le jeu :

- Et la Mère Supérieure ne vous a pas dit que l'agence Matari ne s'occupe que de recherches, filatures, surveillances, investigations, renseignements ? Enfin, nous pouvons commencer une enquête, si vous le désirez. Puis on verra. Je vous écoute.

Le jeune homme sembla hésiter, regardant autour de lui avec quelque suspicion. Le petit bureau lui parut un tantinet sévère : peu de meubles, des murs presque nus. Un grand portrait mural cependant, celui d'un personnage en costume Charles X.

- Je vous écoute, crut bon de répéter la détective. Rassurez-vous, il n'y a, ici, que nous deux. Et pas de micros cachés !

- Eh bien, madame… Madame ou mademoiselle ?

- Mademoiselle.

- Eh bien, mad… mademoiselle, j'ai vingt-cinq ans, ou plutôt vingt-six, pardon. Chez mon père, nous étions deux enfants, Dominique et Camille.

- Un garçon et une fille ?

- Non, deux garçons.

- Votre mère adorait les prénoms asexués ?

- Ma mère ne s'est guère occupée de nous. Très tôt, elle a quitté mon père, un grand industriel du Nord, très riche. C'est lui qui s'est occupé de nous, jouant au papa et à la maman. Je me souviens de tous ces soirs où il nous racontait régulièrement de si belles histoires. Oui, des histoires de fées et de sorcières, des contes de Perrault. Puis les aventures de Tintin. Il nous les aura lus et relus, les albums de Hergé ! Tous ! Et ce, plusieurs fois !

« Mon frère et moi sommes allés à l'école chez les Frères, puis au collège chez les Jésuites. Alors que Camille se détachait de plus en plus de ce milieu, moi je prenais tout au sérieux. »

- Ça y est, c'est parti ! songeait Stéphanie. Tous ou presque, dès qu'ils sont entrés ici, tous éprouvent le besoin de se raconter. Vraiment, nous, les privés, nous sommes des confesseurs !

- Oui, mad... mademoiselle, j'étais l'écolier modèle, le lycéen modèle. Bien sûr, au sens où les Bons Pères l'entendaient alors : pas de copines, pas de filles, pas de flirts. Un baiser, c'était un péché mortel. Et les plaisirs... euh, solitaires - excusez-moi, mademoiselle - de telles abominations vous conduisaient tout droit en enfer.

La détective jeta un discret coup d'œil sur sa montre, se disant : « C'est un psychanalyste qu'il faudrait à ce jeune homme ! » Mais celui-ci continuait :

- Je n'ai pas eu de jeunesse, mademoiselle, alors que mon frère Camille... Vous devinez que dans ce climat austère, mon personnage préféré était Tintin, sage mais hardi, gentil mais audacieux. Et totalement étranger au monde féminin. Mais plus j'avançais dans mes études de physique, plus je déplorais que Tintin, et derrière lui Hergé, croyaient aux pouvoirs spéciaux des fakirs et autres sorciers, qu'ils soient hindous, incas ou nègres. Oui, mad... demoiselle, je me hérissais contre tout ce fatras irrationnel de communications extra-sensorielles, de télépathie, de songes prémonitoires, d'envoûtements, d'horoscopes.

Stéphanie jeta un nouveau coup d'œil sur sa montre, mais s'abstint de toute remarque. « Un confesseur doit savoir écouter » se répétait-elle. Et sagement, elle écouta :

- Il y a, continuait le visiteur, dans "Les Sept Boules de Cristal", un personnage que j'ai appris à exécrer, le fakir Ragdalam. Voilà un banal illusionniste de music-hall qui présente un de ces sketches classiques où une soi-disant voyante vous décrit, depuis la scène, le contenu de votre poche droite. Mais chez Hergé, cette voyante entre dans une véritable transe et annonce à une spectatrice que son mari cinéaste vient d'entrer à l'hôpital. Et l'on apprendra que ce malheureux est envoûté à distance (depuis le Pérou !), tour à tour endormi puis torturé par un grand prêtre inca. Son crime ? Avec six explorateurs, tous envoûtés maintenant, il avait découvert le tombeau de l'Inca Rascar Capac. Au début du livre d'ailleurs, un quidam rappelle à Tintin que sont morts mystérieusement tous ceux qui avaient violé la tombe de Toutankhamon et emporté la momie. La malédiction des pharaons avait pesé sur eux.

- Ce n'est pas exact ?

- Non, mademoiselle. Ces gens moururent de mort naturelle quand leur heure fut venue. Tout cela m'a révolté, encore que Hergé était plutôt gentil et naïf en comparaison de ces milliers d'escrocs et de charlatans qui abusent de la crédulité ou du malheur des braves gens. Et j'ai résolu de lutter et d'encore lutter. Tandis que mon frère Camille préférait émigrer aux Antilles - où il est maintenant barman, paraît-il - moi, je dénichais un petit poste d'enseignant à la Côte d'Azur et avec des amis j'ai conçu ce grand spectacle de démystification dont je vous parlais à l'instant. Mon père, qui partage mes idées, m'a très généreusement financé.

Stéphanie restait toujours perplexe.

- Tout cela est passionnant, fit-elle le plus poliment possible. Mais que se passe-t-il au juste ? Pourquoi semblez-vous demander protection ?

Le "fakir" ouvrit sa serviette et en sortit quelques papiers.

- Voilà, mademoiselle, le genre de lettres de menaces qu'il m'arrive de recevoir. Voyez celle-ci : « Vous êtes un dangereux menteur. Car nous savons potentialiser les énergies pour le plus grand bien du karma de nos membres. Vos exhibitions mal intentionnées risquent de causer des torts incommensurables dans leur sous-moi. »

- Et c'est signé ?

- Alpha-Oméga, c'est tout. Mais voici mieux. Je lis : « Contente-toi de tes photons et de tes quanta, sinon il pourra t'en cuire. » Signé : Un fils de Baal-Zeboub, autrement dit : un fils de Belzébuth, prince des démons.

- Des lettres anonymes, donc ?

- Pas toutes. Par exemple celle-ci, signée d'un très grand physicien, Oliviero Rocca di Bellavista, membre du Collège de France : « Si vous n'êtes pas un vrai médium, vos expériences de catalepsie vous font courir un danger certain. »

- Donc vous pratiquez vous-même la catalepsie ?

- À l'occasion, pour parfaire mes démonstrations.

- Et vous n'êtes pas médium ?

- Pas du tout.

Le "fakir" déplia une autre lettre.

- Voici un petit torchon qui m'inquiète beaucoup : « Arrête, immonde personnage. Sinon, l'une de tes soi-disant expériences sera pour toi la dernière. » Signé : L'Ordre du Temple Solaire. Et voici encore un papier, manuscrit, très court, non signé, mystérieux. Je lis : « Méfie-toi du Val de Croix. »

Stéphanie parut réfléchir, puis :

- Tous ces écrits nous font nager en plein occultisme. Qu'en pensez-vous ?

- J'ai peur, mademoiselle. J'ai peur, parce que je suis l'ennemi des sectes, des gourous et de tous les farceurs qui abusent de la crédulité populaire. Mes "exhibitions", comme l'écrit l'aimable correspondant, mes exhibitions sont essentiellement des séances de démystification, je vous l'ai dit et répété tout à l'heure. Je mène une croisade pour le triomphe de la science et de la raison, contre le mensonge, contre l'exploitation de la crédulité populaire.

La jeune femme regardait son interlocuteur avec un peu d'étonnement : « Trop d'enthousiasme, pensait-elle. Un peu trop sûr de lui, peut-être. »

- Mais dites-moi, fit-elle soudain, où présentez-vous ces séances de… de démystification, disons. À Cannes ?

- Oui, à Cannes, à Nice, à Menton, à Grasse. Aux week-ends. Pourquoi ne viendriez-vous pas me voir samedi soir, à Cannes, au théâtre Alexandre III ? Vous habitez Cannes ?

- Non, Mandelieu, ici même. Mais revenons à nos moutons. Qu'attendez-vous de l'agence Matari ?

- Une protection, vous ai-je dit. C'est pour cela que j'étais étonné d'être reçu par une femme. Vous êtes la seule détective employée par cette agence ?

- Vous m'en demandez trop, cher monsieur. Tout ce que je puis vous dire, c'est que l'agence a été fondée par un grand policier belge retraité, le commissaire Paul Gilson, et par son épouse française, madame Andrée Beaumesnil, laquelle avait dirigé un réseau d'espionnage pendant la dernière guerre. Matari est d'ailleurs la contraction de Mata-Hari, du nom de la fameuse espionne.

- Vous leur parlerez de mon cas ?

- Bien certainement. Laissez-moi votre adresse, votre numéro de téléphone. Et aussi vos quelques lettres. Avec monsieur et madame Gilson, nous verrons ce que nous pouvons essayer. Faites-nous confiance.

- Vous viendrez à ma séance de samedi ?

- Nous verrons… Nous vous contacterons… Il nous faudra alors songer aux honoraires… Un dernier mot : sachez qu'il ne faut jamais prendre trop au sérieux les lettres anonymes. Si vous voyiez tout ce qui nous passe par les mains, ici ! Au revoir, monsieur.

Dominique de la Roche-Aiguë se dirigea vers la porte, puis, se retournant, il demanda :

- Qui est ce curieux personnage, là au mur ? N'est-ce pas François Vidocq ?

- Oui, monsieur, le roi des détectives.

Le “fakir” traversa la salle d’attente, jetant un vague coup d’œil sur les trois personnes qui y étaient assises : une femme d’âge mûr, pleurant discrètement ; une fille plus jeune, outrageusement fardée ; un monsieur bien mis qui semblait furibard. Puis il traversa la terrasse gazonnée et s’en alla rejoindre un élégant jeune homme blond qui l’attendait au haut d’un petit escalier descendant vers le parking de l’allée de la Marine Royale.

*

Paul Gilson raccrocha.

- C’était Stéphanie, fit-il à l’intention de Dédée, sa femme. Elle veut me parler. Au début de l’après-midi, elle a reçu, dit-elle, un client plutôt bizarre. Disons plus bizarre que le tout-venant de l’agence, ce qui n’est pas peu dire. Je vais descendre et voir ça avec elle.

- Mais non, dis-lui de monter. Moi aussi, je veux savoir… Et savoir très vite…

Il y avait cinq ans que les Gilson s’étaient fixés à la Côte d’Azur, encouragés par un héritage miraculeusement tombé sur Dédée depuis de lointaines Charentes. Ils avaient fondé l’agence Matari et rapidement recruté un premier agent, Stéphanie, laquelle avait été pendant plusieurs années journaliste d’investigation à Nice-Matin. Et ils l’avaient installée dans un studio de leur propre immeuble, un building tout neuf, le Surcouf, qui déployait son élégante courbure en bordure d’une marina, à Mandelieu, non loin de Cannes.

L’agence avait assez rapidement prospéré, car, comme Paul aimait le répéter, « 70 % de notre chiffre d’affaires provient du monde… des affaires ! ». Si bien qu’il envisageait d’ouvrir un second cabinet, à Cannes, à Antibes ou même à Nice.

Il s'assit devant la grande fenêtre du living, et, une fois de plus s'attarda à contempler le vaste paysage : la mer, des îles de Lérins aux collines de l'Estérel.

- Dédée, je crois que tu penses comme moi que Stéphanie est vraiment un agent parfait. C'est pourquoi je suis étonné de sa perplexité à propos de ce visiteur.

- Qu'est-ce que c'est, ce quidam ?

- Un fakir. Un fakir qui se dit en danger...

- Ça alors... ! Un Hindou ?

- Eh non ! Un Français !

Dédée vint s'asseoir près de son mari, répétant « Ça alors ! ». Comme on sonnait, elle se releva pour aller ouvrir la porte de l'appartement.

- Entrez, Stéphanie, asseyez-vous. Que se passe-t-il ?

- Il se passe, monsieur et madame, que pour la première fois depuis que je travaille ici, je ne parviens pas à situer exactement un client, mon premier client de l'après-midi.

- Eh bien, racontez. Un porto ?

- Volontiers, madame.

Stéphanie entreprit un récit méticuleux de l'entretien qu'elle avait eu avec le fakir Dominique, ajoutant en conclusion :

- Il se dit donc à la fois fakir et anti-fakir !

Puis elle montra les lettres que celui-ci lui avait remises. Paul les parcourut puis les passa à son épouse - c'est-à-dire à sa meilleure collaboratrice.

- Regarde, Dédée, regarde ce fourbi : Alpha-Oméga, Belzébuth, l'Ordre du Temple Solaire.

Dédée examina soigneusement les lettres une à une.

- À mon avis, toutes sont des faux, sauf deux, dit-elle après un moment. Toutes tapées avec la même machine, sauf celle-ci, la lettre manuscrite non signée qui parle d'un Val de Croix, et celle-là, griffonnée et signée par cet intellectuel qui a soin de mentionner son titre : « Collège de France ». Qu'en dites-vous, Stéphanie ?

- Dès l'entrée du bonhomme, j'ai eu l'intuition - peut-être à tort - de quelque chose de faux, d'anormal.

- Eh bien, en avant, Stéphanie. Enquête de routine d'abord : chez les Sœurs, au Théâtre, à la Faculté, à la gendarmerie, aux mairies, à Nice-Matin et cetera, je ne vous apprends rien. Ma femme et moi nous nous réservons les autres clients de cet après-midi. J'irai voir vos dossiers demain.

- Pardon, monsieur, j'en ai apporté l'essentiel ici, sur ce papier. Je lis : « Premier client, un monsieur Raoul Desambre, la cinquantaine, directeur de société ; sa femme le trompe ».

- Bon. Routine. Ensuite ?

- Second client, « Amélie Boulet, ménagère, la cinquantaine ; son mari la trompe ».

- Routine. Ensuite ?

- « Nelly Canrobert, dite Nelly-les-roberts, prostituée à Nice ».

- Ah, que veut-elle ?

- Que nous la débarrassions de son mac, un parfait voyou qu'il nous sera facile de faire coffrer, dit-elle, car on n'a que l'embarras du choix : proxénétisme, vol à la tire, agressions.

- Ça, ce sera pour l'agent que je viens de recruter à Nice... Je lui donnerai un coup de pouce, à l'occasion. Elle est jolie, la Nelly ?

Dédée pinça les lèvres puis lança :

- Mais chéri, qu'est-ce que cela peut te faire ?

C'était là une des piques habituelles de Dédée. Toujours jalouse, elle savait que son cher mari, sexagénaire de belle allure, plaisait beaucoup aux femmes. Et que celles-ci le lui rendaient bien.

*

- Et alors ? demanda Paul à Stéphanie, trois jours plus tard.

- Alors ? Tenez-vous bien : primo, notre fakir n'appartient pas à la noblesse. Il s'appelle Rochaigues, très roturièrement.

- Bon. Folie des grandeurs ?

- Je ne crois pas. Son Roche-Aiguë est un nom de théâtre. Ensuite, secundo, il n'est pas agrégé mais simplement licencié. Et tertio, il ne travaille pas chez les Sœurs mais bien dans une modeste boîte à bachot, dans le vieux Cannes.

- Un Topaze, somme toute ? Mais alors, pourquoi vous a-t-il menti ?

- Par vanité, sans doute. Je vous avais dit que je flairais quelque chose de bizarre. Mais attendez la suite : à l'antenne de la PJ à Nice, on pense qu'il a appartenu à une secte mais qu'il l'a quittée en claquant la porte.

- Quelle secte ?

- Les Élus de Raël. Ils tiennent parfois un séminaire sur le plateau des Courmettes, près de Tourrettes-sur-Loup. Des gens inoffensifs, d'après les Renseignements Généraux.

- Alors, chère Stéphanie, vos conclusions ?

- Laisser tomber... Nous avons affaire là à un mythomane. Et, j'oubliais, à une tantouse.

- Un membre de la grande confrérie ?

- Oui, ce Dominique vit pratiquement avec un petit copain, son assistant dans les spectacles. Ils occupent deux studios voisins, traverse du Petit-Juas, à Cannes. L'ami est enseignant lui aussi, professeur de chimie dans la même boîte à bachot.

- Il s'appelle ?

- Ali Ben Habib, un Français d'origine tunisienne.

- D'autres précisions ?

- Pas encore eu le temps d'en chercher. Mais je me permets de répéter, patron, laissons tomber. À mon avis...

Puis après un moment :

- Tant pis pour les honoraires, j'aurais dû les réclamer tout de suite.

Paul Gilson réfléchit un moment, son vieil instinct de flic lui soufflant de ne pas arrêter trop vite une affaire bizarre… bizarre au point d'avoir décontenancé la si fidèle et si compétente adjointe.

- Stéphanie, j'hésite… Je suggérerais que nous allions quand même à cette séance de fakirisme, demain soir. Auparavant, Dédée ira acheter l'album de Tintin, "Les Sept Boules de Cristal". À tout hasard. Qu'en pensez-vous ?

Il n'attendit pas la réponse, mais reprit machinalement son ton de jadis, du temps où on l'appelait "Monsieur le Commissaire en chef" :

- Nous irons séparément. Ma femme s'assiéra à l'extrême gauche, vous, Stéphanie, à droite. Et moi au centre. Vu ? Nous ferons semblant de ne pas nous connaître. Et nous observerons. D'accord ?

- C'est vous le patron…

- Allons, ne faites pas cette tête-là. Vous savez que je vous aime bien, Stéphanie.

* * * * *

Chapitre II

Venant de Mandelieu, chacun avec sa propre voiture, Paul, Andrée et Stéphanie quittèrent la Croisette pour passer le pont Alexandre III, prendre le boulevard Alexandre III, faire demi-tour devant l'église Alexandre III et s'arrêter juste devant le théâtre Alexandre III, dont la façade s'écrasait contre celle d'un commissariat municipal. L'un après l'autre ils jetèrent un coup d'œil sur l'affiche du spectacle (voir la quatrième de couverture).

- Tiens, se dit Paul, ce Ben Habib, petit ami du physicien, est le cornac du grand fakir, adversaire dudit physicien... Curieux...

Il entra dans la salle qui se remplissait et alla s'asseoir au milieu du premier rang tandis que Dédée et Stéphanie s'installaient comme convenu.

- Mesdames et messieurs...

Ce n'était qu'une présentation par le président de la société organisatrice, un petit gros assez distingué, mais trop pompeux pour être très distingué :

- ... fidèle à sa tradition de sérieux et de rationalisme... et bla-bla-bla, et bla-bla-bla.

Le rideau était ouvert, mais la scène restait plongée dans l'obscurité, deux projecteurs se chargeant d'aveugler le spectateur trop curieux. On distinguait cependant une sorte de tapis lumineux s'étalant sur deux mètres environ, de gauche à droite.

- … Et je cède maintenant la place au professeur Ali Ben Habib, lequel a publié plusieurs recherches relatives aux fakirs et à leurs pouvoirs extraordinaires. Il vous présentera le grand fakir Mahabatata, - pardon, pardon, Mahaba… amta, de Bénarès.

Ali Ben Habib sortit des coulisses en se dandinant légèrement. Beau gosse, un rien basané, vêtu avec une recherche un peu trop voyante, il saluait la foule en souriant :

- Mesdames et messieurs, c'était à Bénarès, dans l'ashram Omkarananda que j'ai eu l'honneur et le plaisir de rencontrer le grand fakir Mahabaatma.

Le Franco-tunisien parlait précieusement, avec beaucoup de gestes des mains et collant souvent le pouce à l'index, les autres doigts déployés en un gracieux éventail.

- Le fakir sortait alors de plusieurs années de jeûne et d'abstinence au cours desquelles il avait appris à développer ses potentialités extraordinaires. J'ai pu le convaincre de venir en France montrer au public ce qu'on peut réaliser grâce au triomphe de l'âme sur le corps. Mahabaatma viendra à vous par le Sentier Lumineux, c'est-à-dire en marchant pieds nus sur ce tapis de charbons ardents.

Prenant en mains une pince, il se pencha vers le tapis, en retira une braise et la mit au contact d'un papier à cigarette.

- Vous voyez, ça brûle ! Et maintenant, attention, mesdames et messieurs, voici le fakir Mahabaatma !

Une douce lumière envahit la scène, cependant que s'éteignaient les aveuglants projecteurs et qu'un rideau s'entrouvrait côté cour. Lentement, très lentement, le fakir s'avança : courte barbe pointue, lunettes sombres, turban d'or avec aigrette et émeraude frontales, décoration pectorale sur la chemise blanche, habit de soirée - mais les pieds nus !

- Tiens, songèrent simultanément Paul, Dédée et Stéphanie, tout à fait le fakir de Tintin !

Dans la salle, des femmes frissonnèrent lorsqu'elles virent ledit fakir s'avancer posément en piétinant les escarbilles brûlantes. On l'applaudit lorsqu'il quitta le tapis ardent. Et là-dessus, il se tourna vers le public, salua profondément, puis chaussa sans façons des babouches rouges.

Paul regarda dans la direction de Stéphanie et s'étonna de lui voir faire des signes discrets : de ses deux doigts tendus elle se montrait les yeux, puis tendait l'index vers le fakir puis vers elle-même puis vers Paul, lequel essayait vainement de comprendre.

- Mesdames et messieurs, vous savez que les initiés hindous pratiquent la lévitation. C'est ce que va vous montrer Mahabaatma. Je vous demande un silence complet, le moindre bruit pouvant empêcher l'indispensable synchronisation des ondes cérébrales de l'opérant.

Et le Tunisien se mit aux lèvres la pointe des deux index tandis que le fakir prenait la position du lotus sur un coussin rembourré. Il respira profondément par trois fois, se tortilla un moment et soudain s'éleva d'une trentaine de centimètres. Et récidiva.

Nouveau geste gracieux des mains de la part du cornac tunisien :

- Et nous applaudissons tandis que Mahabaatma se prépare à une démonstration d'insensibilité. Au préalable, je lui sers une coupe d'eau du Gange, de cette eau sacrée qu'il a précieusement apportée de là-bas.

Le fakir se saisit d'une longue aiguille, la désinfecta dans l'eau du Gange et s'en transperça lentement la joue droite. Les femmes présentes tressaillirent une fois de plus tandis que la foule éclatait en applaudissements.

À côté de Paul, un jeune homme blond semblait très enthousiaste :

- Il est formidable, dit-il tout bas. Formidable, n'est-ce pas ?

Tandis que l'autre voisin, un Noir vêtu avec recherche, prenait un air plutôt méprisant :

- Chez nous, nous faisons beaucoup mieux…

Pendant que le fakir retirait posément l'aiguille, le Tunisien s'empara d'un sabre droit et d'un coup fendit en deux une pastèque.

- Vous voyez, Mesdames et Messieurs, il coupe. Eh bien, ce sabre va servir d'échelon à Mahabaatma qui y posera son pied nu. Vous allez voir que, par sa seule volonté, un fakir peut se durcir la chair.

Ben Habib déposa le sabre, tranchant vers le haut, dans deux encoches aménagées sur un tréteau. Puis tendit la main au fakir qui posa son pied nu sur la terrible lame.

- Et ce n'est pas tout, Mesdames et Messieurs. Voici la célèbre planche à clous qui sert de matelas aux fakirs ayant parachevé leur formation. C'est le torse nu que Mahabaatma va s'y étendre devant vous.

Sitôt dit, sitôt fait. Le fakir retira son frac, montra que sa chemise était ouverte dans le dos et s'étendit sur les clous, aidé par Ben Habib. Puis, après un moment, il se releva tandis que le public applaudissait à tout rompre.

- Formidable, répétait le jeune voisin de Paul.

- Du bluff, corrigea l'autre voisin.

Sur la scène, le cornac faisait pivoter le fakir :

- Regardez, Mesdames et Messieurs, regardez bien le dos nu de notre extraordinaire fakir. Rien, aucune trace des clous, aucune blessure. Et maintenant, Mahabaatma va tomber en catalepsie et avec une personne de l'assistance, nous allons le déposer, raide comme une planche, sur ces deux tréteaux. Qui vient nous aider ? Vous, monsieur ?

Il désigna Paul Gilson qui s'était empressé de lever la main. Puis il disposa les tréteaux à bonne distance l'un de l'autre tandis que le fakir, face au public, se tétanisait visiblement après s'être désaltéré avec l'eau du Gange.

- Vous par les pieds et moi par les épaules. En avant… Ça y est ! Attention, je vais m'asseoir sur son thorax. Voilà, rien ne bougera…

En effet, plongé dans la catalepsie, la nuque sur l'un des tréteaux et les talons sur l'autre, le fakir ne bougeait pas d'un millimètre.

- Redressons-le, monsieur. Il se réveillera de lui-même…

Debout, rhabillé, les mains jointes, Mahabaatma se confondait en courbettes tandis que la salle craquait en applaudissements. Paul regagna son siège en passant devant Stéphanie qui lui susurra : « Lui, c'est bien lui ».

- Mesdames et messieurs, le fakir va se livrer devant vous à une expérience de télépathie réalisée par le biais de lectures aveugles. Je vais descendre parmi vous et vous distribuer cinq enveloppes. Chacune contient un petit carton sur lequel vous écrirez une question, une seule, très courte. Vous remettrez les cartons dans les enveloppes. Et sans ouvrir celles-ci Mahabaatma répondra à vos questions.

Le jeune voisin de Paul s'empressa de prendre une des enveloppes et de gribouiller une question. Quatre autres spectateurs en firent autant. Ali récolta les cinq plis, les mélangea avec ostentation et s'en alla porter la liasse au fakir, resté immobile, les bras croisés, face au public.

Mahabaatma prit la première enveloppe, l'appuya sur son front et après un effort visible de concentration déclara d'une voix rauque, avec un bizarre accent :

- À Pise, en 1564.

Là-dessus il ouvrit l'enveloppe, en lut le contenu et déclara :

- La question était : « Où et quand est né Galilée ? »

On applaudit, mais avec hésitation car bien peu de spectateurs connaissaient le curriculum vitae de Galilée. Tout fier, le jeune voisin de Paul lui glissa à l'oreille :

- C'était ma question !

Passant à une seconde enveloppe, le fakir se la colla derechef sur le front puis, de son étrange voix :

- Elles sont comme les langues d'Ésope : à la fois les pires et les meilleures.

Et, après ouverture de l'enveloppe et lecture du carton :
- La question était : « Que pensez-vous des femmes ? »
Cette fois, les applaudissements furent un peu plus nourris.
- Tiens, se dit Paul, le bonhomme est érudit.
Ledit « bonhomme » continuait son petit jeu. Enveloppe au front, il dit :
- La naissance d'un grand homme importe peu. C'est son œuvre qui seule compte.
Ouverture de l'enveloppe, lecture du carton, puis :
- La question était : « Quelle est la date de naissance du général de Gaulle ? »
- Bravo pour la réponse, fit quelqu'un en applaudissant. C'était Dédée qui ne manquait jamais l'occasion de manifester son gaullo-résistancialisme.
Mais son mari grommelait à l'intention de son voisin noir :
- Une réponse passe-partout. Pas besoin d'être fakir pour dire ça !
Il n'écouta que fort distraitement la suite et eut l'impression de s'éveiller lorsque le public craqua d'applaudissements après la dernière réponse :
- Tant va la cruche à l'eau qu'à la fin elle se brise.
Là-dessus, le fakir multiplia les courbettes et céda la place au pompeux président de la société organisatrice :
- Nous remercions… Nos félicitations… et bla-bla-bla… et bla-bla-bla. Et maintenant, mesdames et messieurs, dix minutes d'entracte en attendant monsieur le professeur de la Roche-Aiguë qui viendra vous exposer son point de vue. Des boissons sont servies dans le hall.

*

- Et voici le professeur Dominique de la Roche-Aiguë.
Paul Gilson sursauta, murmurant vers son jeune voisin :

- Mais c'est le fakir lui-même ! Sans barbe et sans turban !

- Vous ne le saviez pas ?

Dans son coin, une Stéphanie souriante semblait vouloir dire, la main étendue :

- J'avais essayé de vous le faire comprendre, dès le début du show !

Dans l'autre coin, une Dédée aussi étonnée que son mari, et que le restant du public, d'ailleurs.

- Eh oui, mesdames et messieurs, le fakir Mahabaatma, c'est moi ! Vous me pardonnerez ce subterfuge, cette comédie. Mais mon seul but est de vous convaincre le plus efficacement possible : il n'existe pas de fakir aux possibilités hors du commun, il n'existe pas de gourou doté de pouvoirs paranormaux. Il n'y a que des gens comme vous et moi, mais pourvus d'une bonne dose de charlatanisme et dotés d'une certaine habileté en matière d'illusionnisme.

Paul regardait autour de lui, lisant sur les visages la déception plutôt que la satisfaction. Il crut même entendre de discrets murmures de réprobation. Le voisin noir, lui, ne se gênait pas pour ricaner.

Examinant plus intensément Dominique Rochaigues, - dit de la Roche-Aiguë - qu'il n'avait pas eu l'occasion de voir plus tôt, il crut reconnaître le portrait que Stéphanie avait esquissé : un homme jeune, sérieux, soigné. Et sympathique, au demeurant.

- Les tours que j'ai eu le plaisir d'exécuter devant vous s'expliquent tous de façon rationnelle, et même très simple. Par exemple, je suis arrivé à mes mini lévitations par une gymnastique répétée. Vous pouvez en faire autant, mais oui…

Le voisin blond de Paul était tout sourire :

- Écoutez. Écoutez bien, monsieur…

Rochaigues continuait ses explications, mais ses habitudes de professeur de physique reprenant progressivement le dessus, c'est sur un ton doctoral qu'il affirma :

« … que les braises ont une faible capacité calorifique assortie d'une mauvaise conductivité thermique, ce qui est exactement le contraire pour nos pieds ; ceux-ci peuvent donc absorber la chaleur cédée par les braises sans pour cela faire monter leur température ;

« … que nos joues présentent des points de moindre sensibilité ; il faut les connaître et y enfoncer l'aiguille, - ce qui ne sera pas plus douloureux qu'une piqûre par seringue hypodermique ;

« … que les pointes d'une planche à clous sont si nombreuses que chacune ne supportera qu'une portion infime du poids du fakir, ce qui sera insuffisant pour percer la peau ;

« … qu'un sabre ou un couteau ne sont tranchants que si on déplace la lame en longueur, ce que le fakir évite soigneusement : son pied se pose et ne glisse pas !

« … que la soi-disant catalepsie répartit le poids du corps sur tous les muscles, ce qui réduit considérablement l'effort que chacun d'eux doit accomplir ; ce à quoi s'ajoute un effet de voûte, comme en architecture. »

- Mais non, monsieur, fit un spectateur en se levant, si vous tombez volontairement en catalepsie, c'est parce que vous êtes un médium, peut-être un médium qui s'ignore. Sinon, faites attention, je vous ai mis en garde par écrit.

L'intervenant était un homme assez grand, élégant, parlant avec un certain accent italien.

- Vous êtes monsieur… monsieur…

- Oliviero Rocca di Bellavista, du Collège de France. Je répète que si vous n'êtes pas médium, vos fanfaronnades vous font courir un danger mortel.

Paul se souvint avoir rencontré le nom de ce grand physicien lors d'une enquête dans certains milieux intellectuels où l'on se targue de faire appel au paranormal pour élucider l'une ou l'autre des difficultés auxquelles se heurte la physique moderne dans la théorie des quanta. Démarche qui risque évidemment d'ouvrir la porte aux escrocs en tous genres.

Mais Rochaigues ne se laissa pas décontenancer :

- Eh bien, monsieur Rocca, montez ici, je vous prie, je vais recommencer l'expérience. J'invite en même temps quelques spectateurs à venir se rendre compte, de visu…

Paul se leva immédiatement, imité par ses deux voisins, le blond et le noir, puis par quelques messieurs, puis par une jeune femme, jolie, élégante, tout de blanc vêtue. Et enfin par Stéphanie Delasnes elle-même et par Rocca di Bellavista, plutôt hésitant semblait-il.

Personne ne sachant où se mettre, cela fit un beau cafouillage sur la scène. Mais Ben Habib sortit des coulisses, aligna en arc de cercle les témoins volontaires et disposa les tréteaux comme lors du show précédent.

Dominique Rochaigues prit un verre d'eau posé sur une petite table :

- Permettez, mesdames et messieurs, que je prenne d'abord mon eau du Gange, en fait du bon Vichy, bien français. Et maintenant regardez, j'entre en catalepsie.

Effectivement, il tomba en arrière, tout raide, les épaules dans les mains du Tunisien, tandis que Paul le prenait par les pieds, sans hésitation, comme s'il en avait l'habitude. Puis, d'un même effort, les deux hommes le soulevèrent et le posèrent délicatement sur les tréteaux.

Ne jouant plus au fakir, Rochaigues avait gardé le sourire et les yeux ouverts. Mais soudain, il sembla se raidir davantage tandis que ses mâchoires se contractaient et que le sourire disparaissait. Le corps fut parcouru de convulsions, de secousses de plus en plus violentes, et à la stupéfaction générale, on le vit glisser des tréteaux et tomber de tout son poids, la tête heurtant lourdement le sol.

- Mon Dieu ! s'écria Stéphanie.

- Je l'avais dit, je l'avais prédit, hurla Rocca di Bellavista.

- Étendez-le là, doucement, fit un autre témoin. Je suis médecin, je vais l'examiner.

Rompant le lourd silence qui avait subitement pesé sur la salle, le président-présentateur bondit en hurlant et en gesticulant de façon parfaitement grotesque :

- Rideau ! Fermez le rideau, nom de Dieu !

Après un moment, le médecin se redressa et regarda Paul, son voisin :

- Monsieur, le fakir est mort. Mort empoisonné. Acide prussique, à mon avis. La bouche a une odeur d'amandes amères.

Ali Ben Habib s'effondra à genoux, le visage entre les mains et hurlant :

- Non, non, non ! Dominique, ne me fais pas ça ! Non-on-on... !

Paul prit immédiatement la situation en mains :

- Je suggère que nous restions tous encore un moment sur cette scène. Et vous, Stéphanie, allez rapidement chercher la police, ici à côté.

- Mais le rideau ! Pourquoi ne se ferme-t-il pas ? répétait le président, tout larmoyant.

Le rideau qui, effectivement, semblait hésiter dans sa descente, se décida à tomber tout d'un coup, isolant sur l'avant-scène le burlesque président de la Société des Sciences des Arts et des Lettres de la Côte d'Azur.

* * * * *

Chapitre III

Paul Gilson rêvassait, assis devant l'une des grandes fenêtres de son living et contemplant, une fois de plus, la curieuse colline pointue du San Peyre dont le profil lui rappelait les terrils de sa lointaine jeunesse universitaire au pays de Liège.

- Dédée, quel jour sommes-nous ?

- Mais... mercredi, chéri. Pourquoi cette question?

- Parce qu'il y a maintenant quatre jours que ce pauvre fakir s'est fait descendre.

- Et alors ? Cette affaire ne concerne pas, ne concerne plus et n'a d'ailleurs jamais concerné notre agence Matari.

- Cela va changer, et je t'ai dit pourquoi : l'agence attend aujourd'hui une visite tout à fait imprévue, celle du père de Dominique Rochaigues.

- Ah ?

- D'après Stéphanie, qui a reçu le coup de téléphone, ce monsieur vient nous demander de mener une enquête parallèle à celle de la Justice. Son fils lui avait parlé de nous, et cela lui a inspiré confiance.

- Voilà qui change tout.

- Sans compter qu'il s'agit d'un important industriel du Nord.

- Bravo. Il est déjà dans nos murs ?

- Oui, il loge au Carlton et Stéphanie doit le recevoir à quinze heures. J'irai seconder notre fidèle adjointe.

- Et moi ?

- Si tu veux... Le visiteur comprendra ainsi qu'on lui donne une très grande importance...

- Importance qui se mesurera au montant de l'acompte que nous exigerons.

- Chérie, voyons...

Haussant les épaules avec un petit sourire de travers, Dédée frotta son pouce droit sur l'index, petit signe universel voulant dire : « Eh oui, le fric, mon cher... »

- À part ça, demanda-t-elle, quoi de neuf, en bas ?

- Bof, une affaire de concurrence déloyale, chez Rottin, à Cannes La Bocca.

- Banal. Quoi d'autre ?

- Une soi-disant intoxication, dans un restaurant de La Napoule.

- Et encore ?

- Du comique : le jour même où feu Dominique venait solliciter la protection de l'agence, un sieur Desambre et une dame Boulet avaient demandé chacun séparément une enquête pour question d'adultère.

- Et alors ?

- Et alors ! L'amant de l'épouse de monsieur D, c'est l'époux de la dame B !

- Répète !

- La maîtresse de l'époux de la dame B, c'est l'épouse de monsieur D !

- Tu veux bien répéter ?

- Zut, chérie !

*

Entrant dans le petit bureau et découvrant un monsieur distingué assis entre deux dames amènes, une brune et une blonde, Jules Rochaigues, filateur à Roubaix, se crut un moment devant un tribunal de prud'homme.

Paul Gilson se leva spontanément, tendit la main et fit les présentations :

- Mes collaboratrices, Andrée Beaumesnil et Stéphanie-Dominique Delasnes. Et moi-même, Paul Gilson, ancien directeur général de la PJ en Belgique.

Jules Rochaigues ne parut nullement impressionné, il en avait vu bien d'autres... Gilson identifia tout de suite le personnage : un chef, un patron. Quelque soixante ans, le torse droit comme un "i", la chevelure impeccablement blanche, le visage glabre. Et un regard normalement sec et dur, mais à présent voilé par une tristesse évidente.

- Toutes mes condoléances, monsieur, fit Gilson. Et aussi de la part de mes collaboratrices qui ont assisté, comme moi, au drame que nous déplorons.

Le visiteur s'assit, jetant un coup d'œil au portrait accroché au mur.

- Qui est ce curieux personnage?

- François Vidocq.

- Votre fils avait posé la même question, ajouta Stéphanie.

Rochaigues arrondit immédiatement les angles :

- Quand mon fils était gosse, il se passionnait pour toutes les histoires de brigands. Il lisait, lisait, puis me racontait et me montrait les images.

L'atmosphère se détendait.

- C'est à peu près ce qu'il nous a dit, fit Stéphanie. Et il a ajouté que vous lui aviez lu tous les albums de Tintin.

- Oui, madame. Y compris "Les Sept Boules de Cristal". C'est ce livre qui a dû lui donner l'idée de jouer au fakir.

- Et d'en copier l'accoutrement, n'est-ce pas?

- Mais il déplorait que Hergé ait tant de fois évoqué le paranormal... en y croyant ferme! Ce n'est pas bon pour les enfants, me répétait Dominique. Ce n'est bon pour personne. Nous devons lutter contre cela. Et il s'y est mis, mon fils! Avec un courage exemplaire.

- Peut-être au prix de sa vie, ajouta Stéphanie. Il a dû vous dire, comme à nous, qu'il se croyait menacé?

- Oui, et c'est pourquoi je veux agir. Et pourquoi j'ai recours à vous. Les policiers m'ont déçu : ils semblent privilégier l'hypothèse de l'accident. Selon eux, Dominique faisait usage d'excitants, de remontants. Il a pu se tromper ou forcer la dose. Et d'ailleurs, toujours d'après eux, il n'y a aucune preuve d'un crime.

- Pardon. Selon le médecin qui était alors présent, de l'acide prussique a dû être versé dans ce verre d'eau de Vichy-Gange que votre fils absorbait de routine, juste avant ses expériences de catalepsie. Alors, effectivement, il n'y a pas de preuve, puisque le verre a été renversé et cassé après le drame ! Et que les débris ont été balayés puis jetés.

- En outre, les flics m'ont déclaré qu'à première vue aucune des personnes alors présentes sur scène n'était vraiment suspecte.

- Absurde. Ces flics savent pourtant bien que la majorité des homicides sont le fait de gens jusque-là irréprochables. Vous devez exiger une autopsie.

- C'est fait.

- Très bien. Pour moi, sont suspects tous ceux qui entouraient votre fils au moment du décès. Vous avez vu la liste de ces personnes ?

- Oui, rapidement.

Stéphanie prit un papier dans un tiroir, disant :

- Il se fait que j'ai de bonnes relations avec la police. Voici la liste en question.

- Lisez, Stéphanie, lisez les noms lentement, l'un après l'autre.

- Bien patron. En tête, Paul Gilson et Stéphanie Delasnes, détectives à Mandelieu.

- Non suspects, je suppose, fit Paul avec une ironie qu'il regretta immédiatement car son interlocuteur ne riait pas, mais là pas du tout. Continuez, Stéphanie.

- *Anatole Chavari*, président de la SSALCA, la société organisatrice du débat. Puis *Joseph Bourdon*, électricien machiniste. *Albert Lesage*, docteur en médecine, Antibes.

- Et ensuite ?

- *Ali Ben Habib*, enseignant, Cannes. D'après nos premières recherches - menées d'ailleurs à la demande de votre fils - cet Ali était son grand ami et son collaborateur direct. À l'annonce du décès, il s'est effondré en criant et en pleurant. Comme une femme…

L'industriel changea de visage, au point que Paul jugea bon d'intervenir :

- Oui, le personnage était assez efféminé, au point que…

- Il suffit, monsieur, je sais… Hélas… Au suivant, madame.

- *Bernard Meunier*, lycéen, Le Cannet. Et *Théophile Bamaouli*, commerçant à Marseille.

- C'étaient mes deux voisins de salle pendant le spectacle. Un petit blond, timide mais enthousiaste, et un gros Noir, plutôt sceptique. Continuons.

- *Alice Brunet* dite *Wonder*, mannequin, Avignon. *Alfred Demunter*, ingénieur, Bruxelles.

Contrairement à son habitude, Dédée était restée jusqu'alors silencieuse. Aussi ne put-elle s'empêcher de lancer une remarque :

- Tiens, le show semblait avoir attiré des spectateurs venus de partout !

Personne ne répondant, Stéphanie continua :

- *Oliviero Rocca di Bellavista*, Collège de France, Versailles. *John Wayne* - pardon, *Jan Weinaert* - citoyen américain, Atlanta.

- Permettez que je complète ma pensée, reprit Dédée. Non seulement ils sont venus de partout, mais ce sont ces… ces étrangers disons, qui se sont précipités pour occuper la scène avant tout le monde. J'avais bien remarqué la ruée, puisque j'étais restée assise. Bizarre, n'est-ce pas ?

Il y eut un silence que Paul jugea bon de rompre au plus tôt.

- Voilà, monsieur Rochaigues, nous avons douze suspects - pardon, dix, sans nous.

- Et qu'allez-vous faire ?

- Mais, cher monsieur, notre métier. Examiner le cas de chacun de nos dix suspects. Et les éliminer, l'un après l'autre.

- Comme dans "Dix Petits Nègres" d'Agatha Christie?

- Dédée, voyons...

Rochaigues daigna sourire :

- Parfait. Je vous fais confiance.

- Notez, monsieur, crut bon d'ajouter Paul, notez que notre agence est plutôt spécialisée dans les affaires relevant du civil. Nous ne nous occupons que très rarement du pénal.

Rochaigues sourit de plus belle :

- Que puis-je donc faire pour vous convaincre ?

Posément, d'un geste qui devait lui être habituel, l'industriel sortit son carnet de chèques et aligna quelques zéros en tête de l'un des petits documents - sans oublier le chiffre 2 qui devait les précéder...

- Monsieur, et vous, mesdames, je compte sur vous. Un dernier mot : mon fils ne sera pas inhumé ici. Je le fais transporter chez nous, dans le Nord. Au revoir, mesdames, au revoir, monsieur.

Et il sortit en jetant un dernier regard au portrait de Vidocq.

Paul resta un moment songeur. Puis, brusquement :

- Au travail ! Stéphanie continuera à traiter les affaires courantes. Dédée et moi, nous nous chargerons des dix suspects. Et c'est notre nouvel employé, celui de Nice, qui mènera les enquêtes préliminaires à leur sujet.

- Mais, fit Dédée, je ne l'ai pas encore rencontré, ce monsieur !

- C'est un type très bien, un ancien des Renseignements Généraux, nommé José Dupontd.

- Avec un t ou avec un d?

- Les deux, les deux. Son nom était jadis "du Pont d'Oil", mais la Révolution a raccourci le nom de l'ancêtre.

- Cela valait mieux que de raccourcir l'ancêtre lui-même.

- Dédée, voyons... Ce Dupontd m'a été recommandé par notre vieil ami, le commissaire divisionnaire Marcel Morand.

- Du Quai des Orfèvres ?

- Oui, mais il a été nommé à Cannes, à sa demande.

- Encore un qui veut achever sa carrière au soleil.

- Et y passer sa retraite, pourquoi pas? Mais revenons à nos moutons.

Paul Gilson parcourut la liste des suspects puis la remit à Dédée.

- Nous commencerons par le plus bizarre de ces personnages, le scientifique italien. Le plus bizarre, certes, mais aussi le plus improbable des assassins possibles.

- Moi, remarqua Stéphanie, je ne conclurais pas aussi rapidement... On a déjà vu des savants fous...

- Chez Tintin, précisément !

- Et des savants assassins... Je ne plaisante pas.

- Nous verrons, nous verrons...

- Eh bien alors, en avant ! fit Dédée. Fonçons sur nos "Dix Petits Nègres"...

- Dédée, je t'en prie, cette plaisanterie n'est pas spirituelle.

*

L'après-midi même, ce fut Stéphanie qui eut l'honneur d'interroger le premier de ces dix, venu témoigner spontanément.

C'était Joseph Bourdon, le machiniste du théâtre, un brave homme tout simple.

- Votre agence est connue, déclara-t-il tout de go, et je savais que vous alliez enquêter. Le pauvre Dominique Rochaigues m'avait dit qu'il vous avait consulté. Et il avait ajouté : « Vous ouvrirez l'œil, n'est-ce pas ? » Hélas, madame, hélas. Les fakirs meurent aussi.

L'homme soupira.

- Bien, bien, monsieur. Merci d'être venu car, effectivement, nous allons peut-être nous mettre à la recherche de renseignements. Je vous écoute.

- D'abord, madame, je vous remets ceci : les enveloppes que le pauvre fakir avait ouvertes avant de donner une réponse aux questions qu'elles contenaient. C'était bien, n'est-ce pas, cette façon de lire des enveloppes fermées ?

- Bah, un simple truc de prestidigitation. Vous me croyez ?

- Oh non, madame. D'ailleurs, dans la seconde partie du spectacle, monsieur de la Roche-Aiguë n'a donné aucune explication de ce que vous appelez là un truc. Peut-être a-t-on voulu l'en empêcher. Rappelez-vous, avant qu'il n'ait terminé d'expliquer tous ses tours, il a été interrompu par le gros monsieur à l'accent italien.

- Le professeur Rocca di Bellavista ?

- Oui, c'est ça. Les voici, ces enveloppes. Et les petits cartons avec les questions. Au complet, je crois. Tout cela avait été piétiné, chiffonné. J'ai ramassé ce que je pouvais, puis rangé le tout dans un tiroir.

- Nous les examinerons plus tard. Mais dites-moi maintenant, monsieur Bourdon. N'auriez-vous rien remarqué de spécial ?

- Oh si, madame ! Des tas de choses. Attendez que je me souvienne... Ah oui, d'abord : il y a eu une petite dispute entre monsieur de la Roche-Aiguë et monsieur Chavari, le président de la Société.

- À quel sujet ?

- Les charbons ardents. Monsieur Chavari avait peur qu'on ne mette le feu au théâtre.

- D'où venaient ces braises ?

- D'un grand barbecue, dans la cour. Aucun danger. Et les braises reposaient sur une tôle. Dès la fin des tours du fakir, j'ai retiré le tout. Avec précaution, vous comprenez !

- Je vous crois, je vous crois. Qu'avez-vous encore noté ?

- Monsieur Dominique avait dit à un petit jeune homme blond, sur un ton très mécontent : « Qu'est-ce que tu fous ici ? Il fallait rester dans la salle ! »

- Bien, bien. Et encore ?

- Attendez, je cherche… vous savez, nous, les machinistes de théâtre, nous devons tout voir et penser à tout. Supposez qu'un décor tombe sur la tête de la jeune première. De qui sera-ce la faute ? Du brave Joseph, bien sûr !

- Quel Joseph ?

- Moi, évidemment ! Mais attendez… Voilà : C'est le nègre qui a renversé le verre d'eau de grange. Vous savez, le verre que le docteur aurait voulu examiner.

- L'eau du Gange, voulez-vous dire ? À votre avis, ce nègre l'aurait-il fait exprès ou par accident ?

- Il l'a fait exprès, n'est-ce pas ! Avec ces gens-là…

Stéphanie souriait d'un air encourageant - ce dont le brave Joseph n'avait nul besoin.

- À propos, fit-elle, avez-vous parlé de tout ça à la police ?

- La police ? Laquelle ? Ceux de la municipale, les voisins de notre théâtre, ils disent que l'affaire n'est pas de leur comp… comp…

- Compétence. Et les autres ? Ceux de la judiciaire, de la police nationale ?

- Il en est venu deux, en civil. Je leur ai parlé, et j'ai bien vu qu'ils ne m'écoutaient pas.

- Mais ici, dans cette agence privée, on vous écoutera. Continuez.

Le machiniste reprit son souffle :

- Vous vous souvenez de cette belle dame en blanc… elle furetait dans tous les coins. Elle a dit quelques mots à un grand type qui avait l'air d'un acteur américain.

- Et qu'a-t-il répondu, cet Américain ?

- Quelques mots en américain. Ou en allemand, je ne sais pas. Sûrement pour que les autres ne le comprennent pas.

Le métier avait appris à Stéphanie à supporter ces gens qui prétendent avoir tout vu, tout su, tout compris. C'est avec résignation qu'elle dit :

- Continuez, monsieur. Vous m'intéressez énormément.

Le brave Joseph prit un air mystérieux :

- Et puis, madame, il y avait là quelqu'un dont je me méfierais beaucoup : le grand monsieur qui avait pris monsieur le fakir par les pieds.

Cette fois, Stéphanie ne put s'empêcher de retenir un franc éclat de rire :

- Mais c'est le patron de notre agence, le commissaire retraité Paul Gilson !

Ce qui ne décontenança nullement le bonhomme :

- Oh ! madame… Dans les romans policiers, il arrive que le détective soit l'assassin…

* * * * *

Chapitre IV

José Dupontd, le nouvel agent Matari, avait bien travaillé. Selon les renseignements recueillis, Oliviero Rocca di Bellavista, domicilié à Versailles, disposait d'une résidence secondaire au Cap d'Antibes, chemin des Nielles. Il y séjournait pour le moment, avec sa femme, une Américaine prénommée Joan.

Paul obtint sans peine un rendez-vous par téléphone, mais en omettant de signaler sa profession actuelle. Il voulait simplement, disait-il, parler du drame dont le physicien et lui-même avaient été les témoins bien involontaires.

- Parfait, monsieur. C'est aujourd'hui jeudi, oui, c'est ça, jeudi. Je n'ai aucune obligation. Venez donc prendre un verre. Six heures… Avec madame…

Et à six heures, Paul et Dédée se retrouvaient au Cap d'Antibes dans une villa somptueuse, mais plutôt vieillotte, voire même tristounette. Avec cependant une vue agréable sur la mer, une mer quelque peu agitée, il est vrai.

Bien que de bonne taille l'un et l'autre, les deux visiteurs se sentirent plutôt petits en comparaison de leurs hôtes. Lui, 1m 80, grand, fort, un visage rond ; elle, presque aussi haute, mince, élégante, les traits allongés. Lui, parlant avec une autorité professionnelle que les tournures italiennes et l'accent rendaient parfois comique ; elle, plus douce, usant d'expressions bien américaines, courantes certes, mais parfois bien drôles elles aussi.

- Asseyez-vous, je vous prie. Que pouvons-nous vous offrir? Un apéritif? Un café?

- Un café américain? compléta Joan.

- Ou plutôt un espresso? corrigea le mari.

- Un mélange, lança Dédée voulant faire de l'esprit.

Comme leurs deux hôtes se regardaient scandalisés, Paul trancha :

- Je crois que nous préférerions un porto bien classique.

Ce qui amorça une conversation non moins classique : la température, le climat méditerranéen, la circulation dans les villes et sur les routes, le récent procès de la bande à Baader en Allemagne. Comme Paul allait ouvrir le feu, un gros chat ronronnant vint se frotter à ses jambes :

- Qu'il est beau! fit Dédée ravie. Comment s'appelle-t-il?

- Molécule, madame.

- Molécule, répéta Paul un peu étonné. Couleur locale, n'est-ce pas?

- Pas tout à fait, la chimiste du ménage, c'est ma femme. Moi je suis physicien et j'aurais voulu appeler le chat "Proton".

- C'est un mâle?

- Non... Mais toutes nos particules, à nous physiciens, toutes ont des noms masculins : proton, neutron, méson, électron, etc.

Là-dessus, Paul entra dans le vif du sujet :

- Je crois savoir que vous connaissiez personnellement Dominique Rochaigues?

- Moi? Pas du tout! Mais j'avais été choqué par ses prises de position publiques contre le parapsychologique. Dans ses attaques, il évoquait à tour de bras la physique - la physique classique, j'entends - alors que la physique moderne nous enseigne qu'il y a plus de choses cachées dans le ciel que dans... euh... dans...

- ... toutes les philosophies du monde.

- Oui, c'est ça. Hamlet.

- To be or not to be, crut bon d'ajouter Joan.

- Yes, madame, fit Paul en souriant d'un air un peu sceptique.

Mais le physicien sembla prendre très mal ce badinage :

- Monsieur Gilson, vous connaissez le paradoxe EPR? Non, je présume?

- Euh… Non.

- Le paradoxe d'Einstein-Podolski-Rosen a introduit le parapsychologique dans la physique des quanta. Oui, monsieur. Ce qui nous a mis d'accord, ma femme et moi.

- Comment cela? fit Dédée pour dire quelque chose. Oh là! Le chat!

Molécule venait de sauter sur ses genoux. Joan, occupée à renouveler les boissons, prit son plus beau sourire :

- Parce que moi, madame, je suis adepte de la Transcendental Meditation. Yes, the TM, fondée par le Maharishi Mahesh Yoga.

- Un Hindou?

- Eh non! Un Américain!

Rocca di Bellavista s'excitait, visiblement :

- Parle, Joan!

L'Américaine essaya de prendre un ton didactique :

- C'est depuis la Californie que le Maharishi a enseigné une technique psychologique permettant aux élèves les plus assidus de développer des pouvoirs spéciaux. La lévitation, par exemple.

- Oh là, minou!

Dressé sur les pattes arrière, Molécule se frottait la tête contre le menton de Dédée.

- Molécule, dear, voyons! fit Joan sans conviction. He's terrible, isn't he?

Paul essaya de revenir au sujet :

- Feu Rochaigues ne nous a-t-il pas montré que la lévitation des fakirs n'est qu'une simple gymnastique?

- Mensonge, monsieur ! s'écrièrent en chœur les époux Rocca di Bellavista.

- And our Maharishi is not a fakir ! ajouta Joan avec indignation.

Paul et Dédée jugèrent préférable une capitulation en rase campagne.

- Possible, possible, lancèrent-ils, presque en chœur eux aussi. Vous pourriez avoir raison. Mais, compléta Paul, revenons à Einstein, si vous le voulez bien, monsieur le professeur.

- Pardon, fit le physicien semblant retrouver son calme. Pardon, il ne s'agit pas ici du seul Einstein. Dans sa lutte contre l'indéterminisme quantique, Einstein a développé, avec deux de ses collaborateurs de Princeton, un paradoxe dont je crois avoir trouvé la solution.

- Oui, dans le parapsychologique, lança sa femme avec une conviction évidente.

Bien assis, le corps légèrement penché en avant et regardant alternativement ses auditeurs (y compris sa femme), le grand professeur se lança dans un cours académique.

- Vous connaissez le chat de Schrödinger ?

Tête des auditeurs.

- Non évidemment, dit le physicien répondant à sa propre question. C'est un chat qui est à la fois mort et vivant, ou, si vous voulez, à la fois blanc et noir.

- Comme celui-ci, fit gentiment Dédée en caressant Molécule qui ne demandait que ça.

- Non, madame, tout blanc et tout noir. Simultanément, dirais-je.

- Donc, il est gris, s'obstina Dédée.

- Non, madame. Dans la boîte où on l'a enfermé, le chat de Schrödinger n'est ni blanc ni noir. Mais dès qu'on ouvre la boîte, il apparaît tout blanc ou tout noir. Disons, tout noir, ici. Remettez-le dans son cachot puis ouvrez. Quelle sera sa couleur ?

- Ben… noir, bien sûr !

- Pas nécessairement ! Vous avez une chance sur deux qu'il soit blanc ! Ou noir… C'est ça l'indéterminisme de la mécanique des quanta. En simplifiant, bien sûr ! Et il s'agit alors de particules infinitésimales, disons d'électrons…

- Ou de molécules ? Mais pas de chats ?

- Parfaitement, madame, vous m'avez très bien compris. La théorie des quanta nous enseigne que par son travail d'observation le physicien modifie l'état présent des particules observées. Vous suivez ?

Les yeux largement ouverts, Molécule suivait, effectivement. Paul leva machinalement la main, comme à l'école :

- Mais dites-moi, professeur, où est la parapsychologie dans tout ceci ?

- Pazienza, pazienza ! Nous y arrivons.

Dès qu'il s'excitait, Rocca retrouvait des expressions italiennes… Il continua :

- Mettons dans la boîte deux chats de Schrödinger. Je veux dire deux électrons couplés. La physique nous enseigne que si l'un est blanc l'autre est noir. Je veux dire ceci : l'un des électrons a un spin positif et l'autre un spin négatif. N'essayez pas de comprendre la réalité des électrons et de leur pivotement (leur spin) ; ne songez qu'aux chats, l'image est excellente, croyez-moi.

- Oui oui, fit timidement Dédée en caressant le gros minet.

Quant à Joan, elle buvait les paroles de son mari.

- Imaginez alors que notre boîte à chats soit séparable en deux boîtes étanches contenant chacune l'un des deux animaux. Je rappelle que ceux-ci ne sont ni blancs ni noirs. Envoyons les deux sous-boîtes séparément, bien loin, en A et en B, deux points situés à des kilomètres l'un de l'autre. Je suis en A et vous en B. J'ouvre ma boîte et à ce moment mon chat reçoit une couleur. Une couleur blanche, disons. Quelle sera la couleur de votre chat ?

- Noire, bien sûr !

- Bravissimo ! Mais cette couleur il l'a reçue uniquement grâce à son couplage avec mon chat. Sinon, il était totalement indéterminé.

- Et si votre chat s'était révélé noir ?

- Instantanément, le vôtre aurait été blanc. Je dis bien, "instantanément". C'est donc avec une vitesse supérieure à celle de la lumière que votre chat a reçu sa couleur. Et c'est ça, le paradoxe sur lequel Einstein aura insisté jusqu'à son dernier jour.

Paul essayait de se remémorer le peu de physique moderne qu'on lui avait appris jadis.

- Or, pensait-il, d'après Einstein aucune vitesse n'est supérieure à celle de la lumière.

Toutefois, remarqua-t-il à haute voix, dans les laboratoires il s'agit de particules bien réelles, et non de chats, fussent-ils de ce monsieur allemand... Chleumachin.

- Schrödinger. Herr Erwin Schrödinger, prix Nobel de physique. J'ajouterai que des expériences relativement récentes ont montré que les électrons se comportent exactement comme nos chats.

- Tu entends, Molécule ? fit Dédée qui perdait pied.

- Mais moi, madame, je parle des chats de...

- ... de Schrödinger, oui, fit Paul. Je reviens à ma question. Que vient faire la parapsychologie dans tout ceci ?

- Élémentaire, mon cher monsieur. Ces électrons-chats font littéralement de la transmission de pensée ! Ou de la télékinésie, comme vous voulez. Ou bien, plus exactement, de la télégraphie indirecte dans l'ailleurs, ce qui peut fournir une explication logique à la télépathie, à la précognition, à la psychokinèse.

Paul et sa femme se regardaient un peu surpris. Le physicien reprit le chat des genoux de Dédée et le serra dans ses bras.

- Molécule ! On ne me croit pas, je le sens. Une fois encore. Accidenti !

- Mais si, mais si, professeur, fit Paul débordant de politesse. Et vous en vouliez à feu Rochaigues parce qu'il ne vous croyait pas.

- Rochaigues, petit physicien de collège, n'avait pas à me croire ou à ne pas me croire. Il devait simplement respecter les idées des autres.

- Et ces idées sont réellement rationnelles ?

- Voyons, monsieur, fit Joan d'un air choqué, mon mari est un grand scientifique !

- Mes idées sont rationnelles, et ainsi je sais que la solution du paradoxe EPR doit se chercher bien loin, au cœur même de la causalité : en ouvrant la boîte de votre chat, vous mettez en route une causalité qui va remonter le temps pour atteindre instantanément l'autre chat. Je suis arrivé à ces idées par une lecture littérale des graphes de Feynmann. Rien de plus, rien de moins !

- Vous dites "les graphes de Feynmann" ?

Paul et Dédée échangèrent un regard dont le désespoir passa bientôt dans les yeux de Rocca qui répéta :

- Tu vois, Molécule, on ne nous croit pas. Mais là, pas du tout ! Hélas…

Dégoûté, Molécule sauta des genoux de son maître et se mit à dribbler une bille qui traînait sur le sol. Ce qui sembla donner une idée à Joan :

- Please, please ! Voici une autre comparaison. Je la dois à la sagesse de notre Maharashi, qui est licencié en physique. À Dallas, un marchand d'accessoires pour maisons de jeux expédie deux billes de roulette, l'une à Las Vegas, l'autre à Miami. Les croupiers des deux casinos récepteurs jettent chacun leur bille sur leur roulette en pleine rotation. La bille de Las Vegas s'arrête sur "rouge", et quand celle de Miami s'arrêtera, elle marquera "noir".

- Image excellente, fit Rocca avec enthousiasme. Vous comprenez ?

- Et si Las Vegas est “noir”, Miami passera au “rouge”, ajouta Joan, toute fière d’avoir aidé son mari à convaincre ces deux béotiens.

- Action à distance, télékinésie, comme vous voulez, conclut celui-ci. Derrière ces expériences imagées de chats ou de roulettes, se cachent d’authentiques vérités scientifiques, expérimentalement contrôlées.

- Je vous crois, je vous crois, fit Paul avec empressement.

Puis, estimant que la comédie avait assez duré, il abattit son jeu :

- Professeur, j’ai été directeur général à la police judiciaire belge… Maintenant, me voilà retraité, et avec ma femme ici présente, ancienne résistante, nous avons ouvert une agence de détectives privés, l’agence Matari, établie à Mandelieu. Se croyant menacé, le jeune professeur Dominique Rochaigues était venu nous demander protection, ce qui - hélas pour lui - n’entre pas dans nos missions. Mais son père, un grand industriel du Nord a été plus positif : il veut que nous ouvrions une enquête privée. Pour lui, il y a eu meurtre par empoisonnement. Ce qui est notre avis, d’ailleurs.

Le physicien et sa femme se regardèrent un peu étonnés :

- Que fait donc la police ?

- Pas grand-chose jusqu’ici. Actuellement, comme le corps de Rochaigues vient d’être autopsié, le Parquet ouvrira certainement une information.

- Et vous, alors ?

- Nous continuerons l’enquête privée, comme le père de la victime nous l’a demandé.

- Contre espèces sonnantes et trébuchantes, hein ?

L’Italien semblait s’irriter. Il se leva, prit sa femme à part, lui chuchota quelque chose puis revint vers ses hôtes, lançant sur un ton plutôt sec :

- Mes regrets, monsieur et madame, nous ne collaborerons pas.

Paul dut faire un effort pour ne pas se fâcher :

- Professeur, c'est là votre droit le plus strict. Mais vous semblez oublier un petit fait : vous vous êtes trouvé sur la scène quand la boisson du fakir a été empoisonnée à l'acide prussique. Du coup, vous voilà suspect, exactement comme tous vos voisins du moment.

- Moi, suspect ? C'est une plaisanterie du plus mauvais goût !

- Je crains bien que non. Car, qui plus est, vous aviez envoyé des menaces écrites à Dominique Rochaigues. Écoutez...

Tirant un papier de sa poche, Paul lut calmement :

- « Si vous n'êtes pas un vrai médium, vos expériences de catalepsie vous font courir un danger certain. » Signé : Rocca di Bellavista. Et vous avez répété ces menaces en salle, samedi soir, ajoutant que le soi-disant fakir s'exposait à un danger mortel.

- Mais ce ne sont pas des menaces ! Rien que de simples avertissements ! D'où tenez-vous ce papier ?

- De Dominique Rochaigues lui-même. Il nous avait remis votre lettre ainsi que d'autres du même style, disant qu'il se sentait menacé. À quel danger faisiez-vous allusion ? À des représailles de la part de ces charlatans que Rochaigues s'acharnait à démasquer ?

- Monsieur le policier, sachez qu'il existe de vrais médiums, des gens dotés de pouvoirs étonnants. Celui de la catalepsie totale, par exemple. Ces gens pourraient provoquer un malheur chez un adversaire mal intentionné.

- Un envoûtement ?

- Non, je n'ai pas dit ça. J'ai simplement rappelé que celui qui joue au médium court des dangers. Certains dangers, quoi. La folie, par exemple. Ou la schizophrénie, que sais-je.

Le grand physicien s'embrouillait, c'était clair. Sa femme vola à son secours :

- It's true, yes ! Mon Maharishi le dit !

Paul jugea bon de tendre la perche, lui aussi.

- Monsieur le professeur, je vous supplie de faire un effort, d'essayer de vous souvenir. Par exemple, auriez-vu quelqu'un s'approcher du verre d'eau qu'allait boire Rochaigues ?

Rocca di Bellavista prit un air embarrassé pour lâcher un "non" à peine poli. Une fois de plus, sa femme se précipita à son secours :

- Moi non plus, je n'ai rien vu. Nothing at all ! Or j'étais là, dans la salle, assise à ma place.

Paul prit alors un ton quasi solennel :

- Monsieur le professeur, et vous madame, il s'agit de faire justice après la mort d'un innocent, et peut-être d'éviter bien des ennuis à de soi-disant suspects. Je vous demande votre aide, humblement dirais-je.

Joan regarda son mari puis mit alors les pieds dans le plat :

- Chéri, fit-elle avec hésitation, je… je t'avais dit qu'il fallait se méfier du négro.

- Non, Joan, ce type n'est pour rien dans l'affaire. Écoutez, monsieur le policier, je n'ai vraiment rien à ajouter ici. Laissez-moi réfléchir, et donnez-moi votre numéro de téléphone. Je vous appellerai.

*

Et le soir même, le téléphone se mit à sonner pendant que Paul et sa femme dînaient sur leur terrasse sud. Dédée se leva, alla décrocher, puis appela d'un air angoissé :

- Paul, vite ! Molécule est mort !

- Tiens.

- Mort d'un coup de feu.

- C'est barbare ! Pauvre Molécule !

- Oui, mais attends la suite : il a été tué alors que Rocca se tenait près de lui, au jardin.

Rocca affirme que c'est lui-même qui était visé. Il nous demande de venir aussitôt que possible. Je crois que Joan et lui paniquent à qui mieux mieux !

- Aurait-il donc perdu de sa suffisance ! Bon, on y va...

*

Lorsque Paul et Dédée se retrouvèrent dans le living de la villa des Nielles, ils se crurent dans une chambre mortuaire. Il n'y avait d'autre lumière que celle de deux chandeliers encadrant une petite table nappée de blanc où reposait le pauvre minet, tout allongé sur le flanc, les yeux grands ouverts. Et Joan le contemplait, assise, effondrée. Toujours caustique, Dédée se dit en elle-même :

- Tiens, elle ne s'est pas agenouillée.

Néanmoins, c'est pleine de respect qu'elle s'assit en silence à côté de Joan. Mais Rocca di Bellavista s'était précipité vers Paul, les mains tendues :

- Venez, venez, détective. Venez au jardin, que je vous montre.

Plus ou moins mal éclairé par la torche que le physicien venait d'allumer, Paul traversa le jardin en butant sur les aspérités de sentiers mal entretenus.

- Voyez cette petite table, c'était sa place préférée. Et comme je me penchais vers lui, tout près, tout près, pour le caresser, un coup de feu a éclaté.

- Dans la nuit ?

- Non, il faisait encore clair.

- D'où venait le coup de feu ?

- De là, du jardin de cette villa inoccupée.

- Comment a-t-on pu y entrer ?

- Par la grille, toujours ouverte depuis qu'un cambrioleur l'a forcée.

- Bon, allons-y.

Nouveau parcours d'obstacles, dans le jardin Rocca d'abord, puis dans celui du voisin, plus mal entretenu encore.

- Voici la haie de séparation, elle cachait le tireur. À travers le feuillage vous pouvez voir la table qui était si chère à Molécule. On a fait feu à bout portant, ou presque.

- Et vous n'avez pas essayé de voir cet homme ?

- Non, je ne me suis occupé que de la pauvre victime. Elle est morte dans mes bras !

Il en pleurait, le grand physicien ! Paul prit la lampe en mains, se mit à chercher puis, après un moment :

- Et voilà la cartouche. Je la ferai expertiser.

- Vous allez prévenir la police ?

- C'est préférable. Mais d'abord, dites-moi : êtes-vous bien sûr que c'est vous que l'on visait, et non le chat ?

- Pourquoi aurait-on voulu tuer cet inoffensif animal ?

- Peut-être parce qu'il vagabondait chez les voisins. On a déjà tué des chats pour moins que cela !

- Molécule était très casanier…

- Soit. Mais alors, pourquoi aurait-on tiré sur vous ?

- Je ne sais pas, monsieur le policier. Je ne sais pas.

- Voyons… Peut-être en saviez-vous trop sur le drame dont nous parlions tout à l'heure ?

- Moi ? Non, je ne sais rien… Je ne dirai rien… Rentrons, voulez-vous ?

Cette fois, Paul fonça :

- Si, si, vous savez. Et maintenant, vous avez peur. Allons, parlez, je… Zut !

Il venait de trébucher sur une souche, ce qui lui avait coupé ses effets.

- Policier, je vous remercie d'être venu. Mais il faut nous séparer… Vraiment, je n'ai rien à dire de plus… Ni à vous, ni à la police… Je m'excuse de vous avoir dérangé.

- Un dernier mot, monsieur le physicien. Je serais heureux d'entrer en possession de la balle mortelle. Voulez-vous vous adresser à un vétérinaire? Je vous en remercie d'avance. Envoyez-la moi, voici ma carte.

Ils retrouvèrent Joan et Dédée dans le living, debout maintenant, regardant fixement, toutes les deux, vers la porte de la terrasse.

- Chut! fit Joan à voix basse en tendant l'index. Vous voyez, là. C'est son esprit. L'esprit de Molécule. Réincarné!

Elle désignait un chat noir, vraiment noir, tout aussi étonné qu'elle-même.

- Venez, monsieur, madame, dit Rocca, venez, je vous reconduis.

Comme les Gilson remontaient dans leur BMW, Dédée remarqua :

- Molécule était un chat de Chleu-Dinguère. Il a instantanément transmis à un autre la vie qu'il venait de perdre.

- Moi, chérie, je ne plaisante pas. Côté Rocca di Bellavista, notre enquête en est au point zéro. Strictement zéro. Je n'aime pas ça. Mais là, pas du tout. Demain, je téléphonerai au commissaire Morand.

- Oui, il faut venger Molécule.

* * * * *

Chapitre V

Dès après le petit déjeuner, Paul alla s'installer dans son bureau. La pièce s'ouvrait sur la terrasse nord, ce qui offrait, par beau temps, une vue splendide sur les neiges éternelles du lointain Mercantour.

Pour le moment le paysage n'intéressait pas beaucoup l'ancien policier, lequel s'affairait à déployer et à étaler consciencieusement les seuls documents en sa possession : les lettres de menaces et les questions posées au fakir par les spectateurs.

- Dédée, viens voir ce que je découvre !

- Mais chéri, je travaille, moi !

Néanmoins elle s'amena, une grande cuiller à la main.

- Regarde, même écriture.

Il montrait, étalés devant lui, la lettre anonyme « Méfie-toi du Val de Croix » et le carton avec la question : « Que pensez-vous des Templiers. »

- En effet, c'est la même écriture.

- Te souviens-tu de la réponse ? Moi, j'ai été un peu distrait quand le fakir a parlé.

Dédée fit un effort, puis tendant sa cuiller vers les papiers.

- Là, j'y suis - ou presque. Avant d'ouvrir l'enveloppe, Rochaigues a dit quelque chose comme : « Il faut les laisser en paix », ou bien : « Qu'on leur fiche la paix ! »

- Bon, nous demanderons à Stéphanie. Mais ce qu'il faut conclure, ici, c'est qu'il y avait dans la salle quelqu'un qui s'intéressait aux Templiers et qui en voulait au fakir pour Dieu sait quelle raison.

Dédée prit la lettre en mains :

- Et qu'est-ce que le Val de Croix ?

- Je ne sais pas, il faudra chercher. Maintenant, regarde ce carton. Mon jeune voisin m'avait confié l'avoir écrit : « Où et quand est né Galilée ? » Et la réponse avait été d'une précision époustouflante, contrairement aux autres qui allaient suivre.

- Si tu te rappelles, la question était la première à laquelle le fakir avait répondu.

- Parfaitement. D'après notre Stéphanie-Dominique, qui a reçu les confidences du machiniste du théâtre et nous en a fait le rapport que voici, le jeune homme s'était fait vertement tancer par l'autre Dominique…

- Pourquoi ?

- Pour être monté sur la scène. Bizarre, non ?

- Aussi, nous allons passer à lui. D'après notre liste, il s'appelle Bernard Meunier. Et d'après les recherches menées par notre agent de Nice…

- … Que tu ne m'as pas encore présenté…

- D'après José Dupontd, disais-je… Mais où est-il ce papier ?

Le bureau n'étant pas un modèle d'ordre, Paul se mit à farfouiller.

- Ah, voici : le jeune homme est en terminale au Lycée Carnot et habite chez ses parents, au Cannet, avenue Albert Ier. Nous allons les contacter.

- Ne voulais-tu pas d'abord parler au commissaire Morand ?

- Non, pas tout de suite, j'ai réfléchi. La cartouche que j'ai ramassée hier provient d'un Herstal 6,35, un calibre pour dames.

- C'est une femme qui aurait tiré ?

- Je n'ai pas dit ça. Mais de là où il était, le tireur ne pouvait manquer notre Rocca. Donc, il a délibérément visé Molécule et tiré.

- Donc, il voulait tuer ce pauvre chat ?

- C'est actuellement l'hypothèse à laquelle je m'arrête.

- Pourquoi ?

- Là, chérie, tu m'en demandes trop. Maintenant, je vais saluer Stéphanie.

Comme Paul se levait, Dédée le prit par la manche :

- Il y a quelqu'un que nous semblons oublier, Ali Ben Habib, le tendre ami du défunt.

- Je n'oublie rien... je vais en parler à José Dupontd.

Passant devant la cuisine que Dédée venait de réintégrer, Paul lança gentiment :

- Chérie, tu as oublié ta grande cuiller sur mon bureau !

Au rez-de-chaussée, il trouva une Stéphanie fort affairée :

- Patron, une toute nouvelle affaire. Magnifique !

- Quoi donc ?

- Un vol de tableaux. Dans une villa de la Croix des Gardes.

- Des pièces rares ? Authentiques ?

Stéphanie prit son plus beau sourire :

- Patron, ne m'avez-vous pas appris que les détectives ne sont pas nécessairement des experts. Pour nous, il y a eu vol, un point c'est tout.

- D'accord, d'accord. Eh bien, allez-y, foncez. Mais d'abord, Stéphanie, voudriez-vous prendre contact avec monsieur et madame Meunier, au Cannet. Voici l'adresse. Je souhaiterais les rencontrer le plus tôt possible, et en même temps - surtout ! - leur fils Bernard. Racontez-leur une salade intelligente, n'importe quoi, je vous fais confiance.

- Bien, patron.

- Dites, c'est quoi, les tableaux volés ?

- Il n'y en a qu'un. Un Manet, prétend le proprio.

- Alors, pourquoi ne porte-t-il pas plainte ?

- Parce que le tableau est un faux. Ceci à mon avis, patron, seulement à mon avis.

- Ah ?

- À mon avis, bien sûr, à mon avis, le propriétaire ne veut pas qu'on sache que ce Manet est un faux. Avec les vrais flics, ça s'apprendrait très vite. Tandis qu'avec nous, les privés, c'est motus et bouche cousue, n'est-ce pas ?

Paul eut un franc éclat de rire.

- Non, botus et mouche cousue, comme disait Dupont. Pas le nôtre, celui de Tintin...

*

Paul et Dédée n'eurent aucun mal à trouver l'avenue Albert Ier.

- Donc, disait Paul, d'après Stéphanie qui a contacté les parents Meunier, il vaut mieux annoncer la couleur, dès le départ : nous sommes des détectives mandatés pour enquêter sur la mort d'un ami de leur fils. À cette heure-ci, le jeune homme doit être revenu du lycée.

- Nous y voilà, fit Dédée en montrant la porte d'un immeuble plutôt luxueux.

Une petite dame, une toute petite dame, à la chevelure grisonnante, aux yeux tristes, les introduisit dans une salle de séjour, très belle certes mais où, malheureusement, régnait un désordre consternant. Trônant dans un coin, un poste de télévision, gigantesque, tonitruant, semblait vouloir tout accaparer.

- Asseyez-vous, fit la petite dame en haussant la voix pour essayer de couvrir les sons crachés par la TV. Asseyez-vous, le film va être terminé.

Paul et Dédée prirent une chaise et trouvèrent un peu comique de devoir regarder, pour la Xème fois, “La grande vadrouille”, avec Bourvil et de Funès.

- Nous n’arrêtons jamais la TV, fit la petite femme en guise d’excuse. Les coupures répétées sont mauvaises pour les écrans.

- Vous pouvez cependant supprimer le son.

- Oui, tout de suite, voilà, le film est fini. Les résistants français et les aviateurs anglais se sont envolés au nez et à la barbe des Boches. Magnifique, n’est-ce pas ?

- Et vous ne coupez pas l’image ? En ce cas, si vous n’y voyez pas d’inconvénient, nous allons tourner le dos à l’écran. Permettez que je déplace nos chaises ?

- À votre aise, monsieur, madame. Moi, je regarderai en vous écoutant. On va justement avoir un film de Laurel et Hardy, “Les montagnards sont là”. Vous l’avez déjà vu ?

- Oui, madame, jadis.

- Moi aussi. Vous vous souvenez de la scène où Laurel se couche et s’arrose de plumes pour faire croire au Saint-Bernard qu’il neige et…

- … et qu’ainsi, compléta Dédée avec une exaspération contenue, le brave chien viendra présenter à Laurel, soi-disant alpiniste en perdition, la gourde d’alcool qu’il porte au cou. Ridicule !

Paul essaya de reprendre les rênes :

- Madame, nous sommes venus vous parler de votre fils. Il était mon voisin de salle à l’Alexandre III, le jour où le fakir est mort en scène.

- Je vous écoute, monsieur. Un fakir serait mort en scène ? Eh oui, monsieur, les fakirs meurent aussi. Ha ha ha, regardez la mimique du gros Hardy !

Paul et Dédée commençaient à désespérer quand la Providence vint à leur secours par un clair et joyeux : « Bonjour, Maman ! » lancé par une voix jeune. C’était

Bernard, le fils. Il jeta son cartable sur une table et salua chaleureusement Paul :

- Je vous reconnais, monsieur. Nous étions voisins au théâtre, et… Maman, je t'ai déjà dit de fermer ta fichue TV quand nous avons de la visite. Moi, j'arrête tout !

- Non, Bernard ! Tu vas abîmer l'écran !

- Foutaise, Maman, je te l'ai dit cent fois ! Je ferme. Clac, c'est fait.

Paul et Dédée faillirent lâcher un “Ouf” retentissant.

- Je vous laisse, fit madame Meunier en se levant. Oui, Bernard, ce matin, au téléphone, une femme m'a parlé d'histoires de détectives… J'ai oublié de te le dire. Moi, je n'y connais rien. Je vous laisse, j'ai une petite TV dans la chambre à coucher.

Dédée ne put s'empêcher de lancer une pique :

- Laurel et Hardy vous donneront beaucoup plus de plaisir que nous, n'est-ce pas ?

La petite femme se retira sur un dernier grognement.

- Bernard, fit Paul - permettez que je vous appelle ainsi - Bernard, je m'étonne de ce que votre mère ne vous ait pas parlé de nous ni de notre visite. Et qu'elle ne vous ait pas dit que c'est vous que nous désirions spécialement rencontrer.

Le lycéen prit un air désabusé :

- En dehors de sa cuisine et de sa TV, ma mère ne s'occupe guère de ce qui l'entoure.

- Et votre père ?

- Mon père est très pris par son métier d'ingénieur directeur. Mais en ce moment, il doit jouer aux boules, pour se délasser. À moins que…

Le jeune homme parut hésiter.

- À moins que ?

- À moins qu'il n'ait d'autres occupations. Vous comprenez ?

Paul et Dédée se regardèrent, et celle-ci lança timidement :

- Nous vous comprenons, Bernard.

- Moralement, pensait Paul, ce jeune homme est seul. Il doit chercher autre part ce qui lui manque ici… Alors, allons-y !

- Eh bien, Bernard, fit-il à haute voix, voici ce qui nous amène : ma femme et moi sommes des détectives privés. Le père de feu Dominique Rochaigues nous a demandé d'enquêter sur la mort de son fils.

- On l'a assassiné, n'est-ce pas ?

- Nous le pensons. Alors, dites-nous, quelles étaient vos relations avec Dominique ?

Bernard pâlit et détourna la tête. Puis, avec un effort visible, il répondit :

- C'était un ami, un grand ami. Je l'admirais beaucoup.

- Bernard, il faut préciser, fit Dédée avec son plus beau sourire.

- Oui, madame. C'était mon ami, mon seul ami. Et un grand idéaliste. Il m'a initié à beaucoup de choses, il m'a associé aux combats qu'il menait pour la vérité.

- Vous saviez qu'il se croyait menacé ?

- Oui, monsieur. Il m'avait montré les lettres de menaces qu'il se proposait de remettre à un détective privé. À l'agence Matari, m'avait-il dit.

- L'agence Matari, jeune homme, c'est nous !

- Je l'avais deviné. J'avais d'ailleurs accompagné Dominique jusqu'à la porte de vos bureaux, mais il avait préféré entrer seul.

- Que pensez-vous de ces lettres ?

- Je ne sais pas, monsieur, je ne vois pas. Une seule lettre m'avait frappé, celle écrite par un grand physicien. « Celui-là est plus dangereux que les autres » disait Dominique.

- Dangereux dans quel sens ?

- Dangereux par son prestige, par ses arguments. Son discours, soi-disant scientifique, est le contre-pied exact de ce que ce pauvre Dominique s'efforçait de démontrer. Son intervention, lors du show au théâtre, a été des plus néfastes. Dieu l'en punira, je vous le jure.

- Vous le jurez? fit Dédée avec quelque étonnement.

Bernard parut surpris, hésitant. Mais il confirma :

- Oui, madame, ce maudit Italien sera puni par Dieu lui-même.

- Qu'en savons-nous? fit Paul qui préféra aborder le sujet autrement. Dites-moi, Bernard, vous m'avez dit, au théâtre, que dans le dernier numéro de notre pauvre fakir, vous aviez posé la première question, celle relative à Galilée?

- Exact, monsieur, mais…

Bernard parut encore plus hésitant, malgré un vague sourire :

- … mais cette question était aussi la dernière. Ici, je vous dois la vérité, car vous avez peut-être cru que Dominique jouissait de pouvoirs télépathiques réels.

- Nous n'avons rien cru de la sorte, Bernard! Expliquez-vous.

- Le fakir, comme vous dites, le fakir connaissait la réponse à ma question pour la bonne raison que c'est lui qui m'en avait préalablement dicté le texte.

- Et ensuite? fit Dédée, très intriguée.

- Ensuite? Ali Ben Habib avait placé mon enveloppe en dessous de toutes les autres, et non au-dessus. Ainsi Dominique répondait à ma question, qu'il connaissait, puis ouvrait une enveloppe… qui contenait la question suivante, et non la mienne comme vous l'avez tous cru!

- Somme toute, de la prestidigitation?

- Très élémentaire, croyez-moi. C'est avec de pareils trucs que les gourous font marcher les naïfs qu'ils se proposent d'exploiter. Oui, ces gourous malfaisants que Dominique s'acharnait à démasquer…

- Bien, bravo. Mais dites-moi, vous venez de citer le nom d'Ali Ben Habib. Que pensez-vous du personnage ?

- Je le hais.

- Pourquoi ?

- Je ne sais pas, monsieur.

- Soyez plus précis.

- Non, monsieur. Je n'ai rien à dire de plus ici. Je hais ce personnage, et c'est tout. C'est mon droit, non ?

Paul resta un moment silencieux. Se rappelant ce que Stéphanie-Dominique avait dit de l'autre Dominique, il entrevoyait une vérité plutôt déplaisante. Il préféra ne pas insister, mais néanmoins posa une question :

- Qu'est devenu cet Ali ?

- Disparu. Tant mieux !

- Tout cela est bien triste, fit Dédée pour dire quelque chose.

Paul reprit l'initiative d'un entretien qui risquait de dévier.

- Mon cher Bernard, écoutez-moi. D'après le médecin qui avait examiné le défunt, d'après les résultats de l'autopsie - et d'après mon sentiment personnel - votre ami a été empoisonné à l'acide prussique. Selon moi, le poison a été versé dans le verre d'eau - d'eau du Gange, comme il disait - eau dont il avait bu une gorgée comme avant chacune de ses expériences de catalepsie. La première de ces démonstrations s'est déroulée normalement, mais la seconde a été fatale. Donc, c'est entre les deux que le verre a été empoisonné. Et certainement après que la scène eut été envahie, dans la confusion, par des spectateurs, dont vous et moi-même

Bernard écoutant sans rien dire, Paul continua :

- Savez-vous comment j'ai compris que vous étiez mêlé à toute l'affaire ? Non ? Parce que Dominique vous a vivement reproché d'être monté sur la scène. Exact ?

Le lycéen lança avec humeur :

- Qui vous a raconté ça ?

- Le machiniste. Pourquoi ce brave homme aurait-il menti ?

- Il en voulait à Dominique.

- Et pourquoi donc ?

- Avant la répétition générale, le vendredi, l'homme avait voulu voler quelque chose.

- Quoi ?

- L'émeraude du fakir.

- Celle qu'il portait au front ?

- Oui. Le machiniste l'avait mise en poche, et quand Dominique a demandé à tout le monde de chercher, l'homme a dit : « La voilà ! »

- Vous êtes sûr qu'il y a eu tentative de vol ? Répondez franchement.

Bernard balbutia quelque chose comme : « Je crois, oui. » Alors, Paul Gilson attaqua :

- Jeune homme, vous ne dites pas la vérité. Oui ou non, Dominique vous a-t-il engueulé en catimini ?

Bernard bafouilla de plus belle :

- Oui, monsieur le détective.

- Pourquoi ?

- Il avait peur que l'on ne découvre notre amitié.

- Mais bon Dieu de bon Dieu, pourquoi ?

- Je ne sais pas, je n'ai rien à dire de plus… Dominique avait des caprices, comme cela !

Paul décida d'adopter un ton de plus en plus sec :

- Jeune homme, tous ceux qui sont montés sur la scène, ce soir-là, tous sont suspects. Vous comme les autres !

Le lycéen fondit en larmes :

- Non, non, non ! Mille fois non !

Dédée y alla d'un petit coup de coude à son mari :

- Piano, chéri…

Paul se radoucit légèrement :

- Bernard, cessez de larmoyer. Moi, je dois démasquer un suspect. Ce n'est pas vous, dites-vous. Soit. Alors, parlez. Qu'auriez-vous vu, remarqué, entendu ? Parlez !

- Je ne sais pas, monsieur. Quand Dominique s'est écroulé, j'ai perdu la tête.

- Oui, mais avant qu'il ne s'écroule ?

Silence du jeune homme.

- Bon, je vais vous aider. Voici la liste des suspects, sur laquelle vous figurez, je le répète. Premier nom, Anatole Chavari, président de la Société des Sciences, des Arts et des Lettres de la Côte d'Azur. Qu'en pensez-vous ?

- Un imbécile !

- Bernard, ce n'est pas une réponse. On peut être imbécile et meurtrier.

- C'est un imbécile ! Il a affolé tout le monde en criant « Rideau, rideau. »

- Oui, mais avant qu'il ne crie, qu'a-t-il fait ?

- Je ne sais pas, je n'ai rien remarqué.

- Bon, second nom, le machiniste. Vous l'avez exécuté tout à l'heure. Ou plutôt non, vous avez essayé de l'exécuter. Pourquoi ?

- Je vous l'ai dit, parce que c'est un voleur.

- Je n'en crois rien, d'après votre propre récit. Quoi d'autre à son sujet ?

- Rien, monsieur.

Le lycéen semblait de moins en moins coopératif. Dédée intervint :

- Bernard, soyez gentil. Il s'agit de venger Dominique. Paul, passons au nom suivant, voulez-vous ?

- Bien. Albert Lesage, docteur en médecine. Rien à signaler ?

Silence.

- Alfred Demunter, ingénieur belge ?

Éclat de rire :

- Le fou du Verdon ! Vous n'avez pas lu son livre ? Tout le monde connaît le personnage, mais il n'a jamais eu affaire à nous, je veux dire à Dominique. Mon père a voulu acheter le gros bouquin. C'est celui que vous voyez là, sur ce guéridon.

Paul jeta un coup d'œil et continua :

- Bien, bien. Sur ma liste, je vois Ali Ben Habib ? Vous le haïssez, ce qui ne nous arrange en rien. Nous recherchons des faits, pas des sentiments. D'accord ?

Silence.

- Théophile Bamaouli. C'était mon voisin de droite au théâtre. Un Noir.

- Oui, je lui ai dit deux mots. Un type amusant, mais sceptique.

- On me dit que sur scène, il a échangé quelques paroles avec une jolie femme en blanc, Alice Wonder.

Un sourire bizarrement amer.

- Je connais un peu cette dame, un mannequin que ses amis appellent "Alice in Wonderland", "Alice au pays des merveilles".

- Wonder n'est donc pas son vrai nom ?

- Non. Elle doit s'appeler Brunet ou quelque chose comme cela. C'est plutôt mon père qui la connaît.

Une hésitation, puis :

- Mon père est un bel homme, il a beaucoup d'amies.

- Savez-vous ce que fait cette dame, en dehors de ses participations à des défilés ?

- Je crois que c'est une fervente de l'ésotérisme, de l'occultisme, toutes choses que Dominique combattait avec la dernière énergie.

- Sur la scène, cette dame Alice aurait un peu parlé avec un Américain qui ressemble à John Wayne et qui s'appelle d'ailleurs Jan Weinaert.

- Il se dit américain, mais c'est un Allemand.

- De quoi s'occupe-t-il ?

- Moi je ne sais pas, mais Dominique voyait en lui un membre très actif d'une secte.

- Quelle secte ?

- Je ne sais pas. Une secte du côté de Castellane, pensait Dominique.

- Vous l'aviez déjà rencontré ?

- Il avait assisté à une des représentations organisées par Dominique. À Antibes, si je me souviens bien. Dominique m'en avait parlé, disant : « Encore un de ceux qui essaient de démolir tout ce que je fais. Je le tiens pour dangereux. »

Le jeune homme parlait avec des hésitations visibles. Paul et Dédée sentirent qu'il faudrait terminer l'entretien plus rapidement que prévu. Quitte à y revenir, plus tard.

- Jeune homme, faites bien attention : un juge d'instruction a ouvert une enquête et vous aurez tôt ou tard affaire à des policiers.

- Des vrais, crut bon d'ajouter Dédée.

- Et alors ? Madame, je n'ai rien à craindre, moi. Je n'ai rien fait. J'aimais Dominique et je déplore sa perte. Qu'attendez-vous de moi ?

- Des récits, des témoignages, tout ce qui peut nous aider. Un simple détail peut faire progresser une enquête jusque-là stagnante. Réfléchissez bien à cela. Il faudra que nous nous revoyions. Non plus ici, mais dans notre bureau, si vous êtes d'accord.

Contrairement à l'attente, Bernard lança un « D'accord, d'accord » avant de se lever et de serrer la main aux visiteurs.

- Il est évident qu'il nous cache des choses, fit Paul sur le trottoir.

- Je n'en suis pas tellement certaine, répondit sa femme. C'est un être fragile, et tu l'as désarçonné.

Ils remontèrent dans la BMW, arrêtée quelques mètres plus loin, et au moment de mettre le moteur en marche, Paul dit à Dédée :

- Regarde, là, devant la porte des Meunier, là, cette grande Ford qui vient de s'arrêter. Et qui en est sorti ? Un élégant monsieur et… et qui encore ?

- Une femme en blanc, Alice dite Wonder, je la reconnais.

- Et ce quidam est plus que probablement le père de Bernard : il a sorti une clé de sa poche et a ouvert la porte. Alice est entrée avec lui.

- En abandonnant dans la voiture un pauvre caniche qui s'agite comme un diable.

- Alice serait-elle sa maîtresse ?

- Ou plutôt l'une de ses maîtresses, si j'en crois les allusions de son fils.

- Dédée, tu vas trop vite dans tes conclusions. Aurait-il amené une maîtresse chez lui ?

- Ça s'est déjà vu… Après ce que nous avons aperçu, j'avoue très bien comprendre ce brave homme. Toi pas ?

- Écoute, chérie, on va rester ici et faire la planque. Voilà qui nous rajeunira.

Mais le dieu des détectives eut pitié d'eux. La planque ne dura que quelques minutes, car Alice ressortit bientôt de la maison, un gros livre sous le bras. Papa Meunier, qui la suivait, lui ouvrit la Ford, et le caniche ne sut comment manifester sa joie.

- En avant, lança joyeusement Paul, après la planque, la filoche ! Vive la jeunesse !

L'une suivant l'autre, les deux voitures s'engagèrent dans le boulevard Carnot puis sur la Croisette et enfin dans deux ou trois petites rues où Paul eut quelque mal à continuer la filature. Après un tournant, il retrouva la Ford, vide, arrêtée devant un hôtel, le Savoy.

- Tiens, fit-il, les tourtereaux se sont envolés.

- Disons plutôt qu'ils vont convoler, répondit Dédée avec un sourire en coin.

- Si tu veux... mais attendons quelques minutes. Après, toi, tu iras à la réception et tu demanderas si c'est bien là que loge madame Brunet.

Quand Dédée revint toute souriante, Paul devina que la réponse avait été positive.

- Eh bien, chérie, ce soir je téléphone à la dame... et puis on verra.

Ils retrouvèrent la Croisette et Dédée remarqua, avec son petit air entre deux airs :

- Voilà qui fera notre quatrième "Petit Nègre"...

- Non chérie, nous n'en sommes nulle part. Tes dix "Petits Nègres" sont aujourd'hui tout aussi suspects qu'au premier jour ! Tous.

- Raison de plus pour passer maintenant au quatrième - qui est "une" quatrième - la merveilleuse Alice...

* * * * *

Chapitre VI

Au téléphone, Alice ne fut pas spécialement merveilleuse : « Mille regrets, monsieur, je n'ai guère le temps, etc. Oui, monsieur, je vois très bien qui vous êtes, etc. Mais mon temps, malheureusement, etc. »

- Dommage, elle a une voix très agréable, pensait Paul.

Finalement, Alice y alla quand même d'une proposition : « Demain, samedi, je serai toute la journée avec des amis, sur le plateau des Courmettes. Vous connaissez? Si vous voulez, venez m'y rejoindre, je vous présenterai à des gens très bien. Le paysage est splendide, vous verrez! Vous pourrez même déjeuner sur place. Moi, j'y serai à partir de demain. Vous êtes monsieur, monsieur...? »

- Paul Gilson, madame, retraité belge. De Mandelieu.

- Et qui vous a donné l'adresse de cet hôtel où je ne fais que passer?

Paul bredouilla n'importe quoi, préférant taire, pour le moment, sa qualité de détective. Il raccrocha, puis forma le numéro du bureau, au rez-de-chaussée.

- Stéphanie très chère, demain, expédition à trois. Moi seul, de mon côté. Vous et Dédée, ensemble, bras dessus bras dessous, comme de vieilles copines.

- Où ça?

- Sur le plateau des Courmettes.

- Courmettes... Courmettes? Permettez, cela me dit quelque chose.

Paul l'entendit fouiller dans le tiroir du bureau.

- Patron, j'y suis. C'est aux Renseignements Généraux qu'on m'avait parlé des Courmettes. C'est un havre pour les ésotéristes en tout genre. Rochaigues avait été membre d'un “groupe de pensée”, comme on dit, groupe qui y tient parfois des séminaires. Il en avait démissionné.

- Tiens, tiens, tiens. Curieux, c'est l'un de nos suspects, une suspecte plutôt, qui m'y donne rendez-vous : Alice Wonder. Vous savez, la femme en blanc, sur la scène, le fameux samedi ?

- Curieux, comme vous dites.

- Départ demain à dix heures. En attendant, essayez de savoir ce que sont au juste ces... “Courmettes”... Merci, Stéphanie.

*

Et à dix heures, comme prévu, les deux voitures quittaient Mandelieu, prenaient la route Napoléon, traversaient Grasse et se dirigeaient vers Tourrettes-sur-Loup.

- Courmettes, site exceptionnel, avait dit Stéphanie qui avait consulté des guides et des cartes avant le départ. Quelque 600 hectares, à 830 mètres d'altitude, au pied des Préalpes méditerranéennes. Non loin de Grasse, 20 kilomètres à peine.

- Très bien !

- Et, d'après une petite brochure, “Centre de rencontre et d'éveil, il permet un ressourcement authentique”. La brochure ajoute : “Pension complète, 200 francs par jour et par personne”.

- Voilà qui va nous changer un peu, avait conclu Dédée. Si on allait y loger ? Cela nous ferait un congé touristique bien mérité...

- Dédée, tu ne seras jamais sérieuse !

À mi-chemin entre Pont-du-Loup et Tourrettes, ils faillirent bien rater une modeste pancarte : “Domaine des Courmettes”, laquelle cependant les engagea dans un chemin montant, sinueux, et même dangereux par endroits. Après un trajet cahotant qui leur parut interminable, les conducteurs arrêtèrent leurs voitures sur le parking, et contemplèrent le paysage. Vaste espace quelque peu accidenté et dominant la profonde vallée du Loup, le plateau leur apparut superbement bordé par les contreforts des Préalpes.

- Un temps magnifique, se disait Paul. Du soleil, ni trop ni trop peu.

Il fit un tour d’horizon : à sa gauche, une grande prairie où un petit groupe, une douzaine de personnes, semblait attendre quelque chose; devant lui, des bâtiments en “U” encadrant des jardinets disposés en terrasses successives. Celui de gauche avait vraiment belle allure, avec les larges arcades qui l’encerclaient et montaient jusqu’au second étage. « Une ancienne propriété des illustres seigneurs de Grasse », avait ajouté Stéphanie lorsqu’elle jouait à la guide touristique avant le départ.

Paul descendit de voiture et se rapprocha de ses deux collaboratrices :

- Pour vous deux, dit-il à voix basse, tous ces bâtiments, là, en détail. Entrez partout où vous pouvez et parlez aux gens. Pour moi, ce sera le petit rassemblement là-bas où je crois distinguer une silhouette blanche bien connue : “Alice Wonder”. Avec en plus le chien-chien.

- Ce sera comme d’habitude, grogna Dédée à l’intention de Stéphanie. Dès qu’il y a une jolie femme dans le coin, il se la réserve.

Jetant un dernier coup d’œil à son mari, elle entraîna sa compagne vers le bâtiment le plus proche, un restaurant d’allure plutôt simplette.

Comme Paul atteignait le petit groupe, dans la prairie, Alice vint à lui et tendit la main, sans façon :

- C'est vous qui m'avez téléphoné, n'est-ce pas ? Je vous reconnais, vous êtes le monsieur qui avait par deux fois soulevé le pauvre fakir plongé en catalepsie.

- Plongé, plongé... commença Paul. Mais...

Il s'interrompit, encombré par l'exubérance intempestive que lui manifestait le caniche.

- Marabout ! Tranquille ! fit Alice sans conviction.

- Il s'appelle Marabout ?

- Mais oui !

- Et ça, qu'est-ce que c'est ?

Paul désignait une colonne métallique mince, haute de deux mètres environ et hérissée de bras horizontaux au bout de chacun desquels pendait une boule de cristal. L'ensemble faisait penser à un arbre de Noël - un arbre plutôt déplumé, il est vrai !

- C'est l'arbre kabbalistique des sephirot. Taisez-vous et écoutez plutôt ce que va nous dire le Sage Zazahot !

Le Sage en question était un petit monsieur chauve dont le regard d'illuminé semblait jaillir sous de forts sourcils prolongés par une épaisse barbe rousse.

- Frères et sœurs, vous avez là, devant vous, l'Arbre de Vie, synthèse divine autour de laquelle s'organise la Création. Ces boules de cristal représentent les sephirot, c'est-à-dire les attributs de Dieu, mais elles peuvent se comprendre en termes d'expérience humaine car elles sont la commune mesure entre le Créateur et sa création. D'autre part, les relations entre les sephirot sont gouvernées par trois Splendeurs cachées : la Volonté, qui maintient l'équilibre ; la Miséricorde, qui répand le flux de l'émanation ; la Rigueur, qui le contient.

Il ne faisait pas spécialement chaud, mais le Sage Zazahot épongeait abondamment son vaste front.

- Vous suivez ? répétait-il. Vous suivez ?

Paul regardait furtivement sa voisine. « Belle femme, belle brune, beau visage régulier, songeait-il. Des yeux noirs, au regard profond. Lèvres pleines, corsage plein. Serait-elle une mystique ? Peut-être, mais alors, une mystique plutôt coquette. Sa blanche robe est un chef-d'œuvre d'élégance et de simplicité, et aussi, ma foi, de sensualité. »

- Vous suivez ? fit-il en se penchant vers Alice.

- Chut !... Écoutez !

Reprenant bruyamment son souffle, le Sage continuait :

- La Kabbale classique enseigne qu'il y a dix sephirot. Audessus, vous voyez, là, toute seule, Kether, la première sephira.

- Sephira ? demanda quelqu'un.

- Sephira est le singulier de sephirot, mot hébreu. Je continue : voici Kether, la Couronne. Elle nous dit : « Je suis celui qui suis. » Ce sont les paroles mêmes de Yahvé quand il s'est révélé à Moïché. Continuons :

« Le rayonnement de lumière divine se répand et crée la deuxième séphira, Hokhma, la Sagesse, appelée aussi la Pensée Voilée. Elle contient le plan de la Création, plan qui se manifestera dans la troisième sephira, Bina, l'Intelligence. Passons à Hased, la Grâce, quatrième boule de cristal. »

Paul commençait à trouver que tout cela faisait un fameux charabia. « Du mauvais Tintin » pensait-il, et c'est presque machinalement qu'il demanda :

- Il y aurait ainsi sept boules de cristal ?

- Non, monsieur, regardez, il y en a onze.

Cette déclaration produisit un petit mouvement dans la foule. Alice crut devoir intervenir :

- Très Sage, dans les livres que j'ai lus, traitant de la Kabbale, on ne parle que de dix sephirot ? Oui, dix, comme les commandements de Dieu.

Le Très Sage foudroya Alice du regard :

- Chez les Anciens, peut-être ! Mais nous, modernes kabbalistes, nous avons changé tout cela. Il y a onze sephirot, Alice. Onze, oui, la moitié de vingt-deux, nombre des lettres de l'alphabet hébreu, l'alphabet sacré.

- Et quelle est l'autre moitié, demanda un vieil auditeur.

- Elle est secrète et le restera, monsieur. Jusqu'au jour du Jugement. Mais revenons à l'arbre : après Malkout, la dixième, celle qui symbolise la Royauté, vient Choumath, la onzième et dernière.

- Choumath, choumath ?

- Choumath est le Souffle, le Souffle de la Pensée. Oui, de la Pensée qui se transmet de vous à votre voisin, comme l'air qui sort de votre bouche et est ensuite respiré par lui.

- Oui, glissa Paul à l'oreille d'Alice : « Choumath, c'est atchoum, il suffisait d'y penser. »

La jeune femme ne sembla pas apprécier la plaisanterie :

- Monsieur, il faut croire en la transmission de pensée. Écoutez donc le Sage. Et toi, Marabout ! Tranquille, ai-je dit !

Paul se promit de jouer dorénavant le jeu et de ne plus faire de l'esprit à propos des bizarreries qu'il allait fatalement entendre en cet endroit voué à l'ésotérisme. « Après tout, se dit-il, je suis ici pour une enquête et rien d'autre. »

Repoussant Marabout sans trop de délicatesse, le Très Sage avait repris son souffle :

- J'en étais resté à Bina, non, pardon, à Hesed, la quatrième. Alors, voyez l'arbre. Ici, Geburah, la Puissance. Puis Thipheret, la sixième ; c'est la Beauté.

- J'aurais voulu vous parler, dit Paul, tout bas, à Alice.

- D'accord. Mais encore un moment, voulez-vous ?

Paul dut bien entendre citer Netsah, la Permanence ; Hod, la Réverbération ; Yessod, le Fondement. Puis Malkhout et enfin Choumath. « Oui, Choumath, qui reçoit l'épanchement des dix autres » précisait le Sage.

- Atchoum ! fit Paul malgré lui.

- Toutes, oui, toutes nous racontent les merveilles de l'Épiphanie du Seigneur, lequel donne tout mais conserve son unité. Réfléchissez-y bien. Nous nous arrêterons pour le moment, et cet après-midi, nous verrons comment les kabbalistes se battent contre l'ignorance du monde. Y aurait-il des questions ?

Un jeune homme leva le doigt :

- Je m'appelle Ignace. Si je numérote les lettres de l'alphabet selon leur ordre, j'ai : I=9 , G=7 , N=14 , A=1 , C=3 , E=5. Soit un total de 39 pour Ignace.

À voix basse Paul se chantonnait : « Ignace, Ignace, c'est un joli petit nom charmant. » Puis il s'arrêta net, se rappelant sa toute récente résolution : jouer le jeu.

- Oui, Ignace = 39. Mais 39, c'est 3+9= 12, et 12, c'est 1+2=3 . Mon nombre ghématrique est 3, le nombre de Dieu !

Le Sage Zazahot faillit étouffer d'indignation :

- Mais monsieur, ce n'est pas de la ghématrie ni même de la kabbale, ce que vous baragouinez là ! C'est… c'est… de la basse numérologie, bonne pour les voyantes de foire ! Et toi, sale chien, va-t-en !

Arrêté au pied de l'arbre des sephirot, Marabout esquissait une espèce de salut hitlérien - mais avec la patte arrière droite.

- Madame, tenez donc cet animal en laisse !

Alice attrapa le chien par le collier et l'entraîna hors du groupe.

- Partons, monsieur, dit-elle à Paul. Prenons ce chemin, là, celui qui s'amorce derrière le parking.

En même temps, elle attachait Marabout à sa laisse.

- D'accord, chère madame. Mais… qu'est-ce que la ghématrie ?

- Ça, c'est du sérieux, monsieur ! répondit Alice en marchant. C'est un processus de la magie kabbalistique dont l'objet est le rapprochement des mots qui ont une valeur numérique identique. Des mots hébraïques, bien entendu. Il n'a rien compris, ce pauvre Ignace !

- Et pourtant, Ignace, c'est un joli petit nom charmant...

Alice la Merveilleuse daigna sourire : la glace était rompue.

- Oui, Fernandel... C'est loin, n'est-ce pas ?

- Avant la guerre, si je ne m'abuse.

- Je n'étais pas encore venue en ce bas monde.

Ceci dit avec l'un des plus gracieux sourires que le plateau des Courmettes ait jamais vu.

Marabout exprima sa satisfaction en tirant comme un diable sur sa laisse tandis que sa maîtresse demandait, toujours avec le même sourire :

- Mais, cher monsieur, de quoi donc vouliez-vous me parler ?

- De cette séance de fakirisme qui s'est terminée si tragiquement il y a huit jours.

- Et qui êtes-vous ?

- Paul Gilson, fonctionnaire belge retraité.

- Tiens, la Belgique... Un petit pays que j'aime beaucoup. Bruges...

- Il n'y a pas que Bruges. Et vous, vous habitez à Avignon ?

- Qui vous a dit cela ?

- Vous-même, sur la scène, quand la police a relevé les identités.

- C'est ma mère qui habite Avignon. J'ai une chambre chez elle.

- Et rien d'autre ?

- Non, mon métier m'oblige souvent à coucher à l'hôtel.

- Et pourquoi vous appelle-t-on "Alice au Pays des Merveilles" ?

- Parce que l'on sait que je m'intéresse à toutes les merveilles du monde. Et ici, aux Courmettes, on ne parle que de cela. J'adore ce coin superbe. Je m'y sens chez moi. Vous verrez, au-dessus de la librairie, il est même écrit : "Au Pays des Merveilles". J'y viens quand mon métier me le permet.

- Vous êtes mannequin, à ce que je crois savoir ?

- Mannequin de haute couture. J'ai travaillé chez Paco Rabanne.

- Mince !

- C'est lui qui m'a initiée à la parapsychologie. Vous savez quel est son secret ? Concrétiser les idées venues d'ailleurs.

- C'est donc un contrefacteur ?

Alice eut un sursaut indigné :

- Mais pas du tout ! Paco est un génie qui se souvient de ses réincarnations : il a été conseiller de Toutankhamon, puis ami de Léonard de Vinci. Maintenant, il est guidé par un Esprit qui lui dessine ses bijoux, tous à base de figures magiques : carrés, triangles... et qui l'inspire pour ses magnifiques créations. Pour ses robes métalliques, entre autres. L'Esprit lui avait suggéré de m'initier au Grand Savoir. Et aussi d'orienter vers l'astrologie un autre de ses mannequins de luxe, Germaine Hanselmann.

- Connais pas.

- Évidemment, puisque c'est sous le nom d'Élizabeth Teissier qu'elle devient progressivement une astrologue célèbre, de très grande valeur.

- Il existerait des astrologues de grande valeur ? Je crois que feu Dominique Rochaigues combattait activement les astrologues et que, précisément, il leur déniait toute valeur. Vous connaissiez cet intéressant jeune homme ?

Alice eut un regard d'en dessous, tandis qu'elle libérait Marabout.

- Très peu. On s'était croisés, ici. Sans plus.

- Vous vous étiez rencontrés ici, chez les kabbalistes ?

- Oui et non. C'est plutôt dans la librairie que nous avons fait connaissance. Puis, on s'est revus lors d'un séminaire organisé par les Élus de Raël.

- C'est quoi, ça ?

- Un mouvement de gens très bien. Raël, le fondateur, enseigne une relecture de la Bible, basée sur la venue des extraterrestres et sur leur prochain retour chez nous.

Paul faillit émettre une remarque qu'il estimait de bon sens, mais il s'arrêta en se répétant : « Jouer le jeu ! Jouer le jeu ! »

- Passionnant, fit-il avec un sourire quelque peu forcé. Je vois que vous vous intéressez aux questions bibliques. Vous êtes juive ?

- Pas moi, ma mère.

- Alors vous êtes juive, rabbiniquement parlant.

- Si vous voulez... Oh, pardon, Marabout m'a fait trébucher. Ce sentier est infect. Permettez que je vous donne le bras ?

Sitôt dit, sitôt fait. Le bras se fit gentiment pesant.

- Et où allons-nous comme cela, chère madame ?

- Nous montons vers Le Caire.

- Quoi ?

- Un simple lieu-dit. Vous êtes déjà fatigué ?

- Non, mais je préférerais que nous nous asseyions là, sur ce petit tronc d'arbre.

Sitôt dit, sitôt fait, et Alice se serra contre son compagnon :

- Ce tronc est assez étroit, vous ne trouvez pas ?

Paul voulut quelque peu se dégager, mais faillit choir. Alice le rattrapa au vol

- Vous me fuyez, monsieur... monsieur Pierre ?

- Non, Paul.

- Soit, je dirai Paul tout court. Vous permettez ? Comme si nous étions des Américains.

Encore trois minutes, se dit Paul, et elle me tombe dans les bras. Il est grand temps de changer de registre. Et tandis que Marabout se couchait à ses pieds, il lança :

- Alice... Merveilleuse Alice, dirais-je... Je vous dois la vérité. Je suis un détective privé, mandaté par le père de Dominique Rochaigues.

Alice partit d'un grand éclat de rire :

- Je le savais ! Je vous écoutais, me demandant quand vous alliez aborder le sujet.

Paul en resta un moment sans voix et du coup faillit choir, pour la seconde fois.

Alors, il préféra attaquer :

- Qui vous a dit cela ? fit-il d'un ton brusque.

- Un ami.

- Qui ça ?

Alice hésita, lança un regard oblique, puis :

- Je ne vous le dirai pas.

Le cerveau de Paul se mit à travailler à toute vitesse et lui conseilla de risquer le coup :

- Alice, ne jouez pas à la plus fine. Cet ami, c'est monsieur Meunier, n'est-ce pas ?

Paul sentit qu'il marquait un point, ce qui l'encouragea à poursuivre :

- Et c'est votre amant, n'est-ce pas ? Après vous avoir quittée au Savoy, hier soir, il vous a téléphoné. Son fils lui avait raconté ma visite chez lui, avenue Albert Ier.

La Merveilleuse - qui ne semblait plus merveilleuse du tout - voulut s'écarter de son compagnon, mais cette fois c'est elle qui faillit choir. Comme Paul la rattrapait de justesse, elle s'écarta derechef et lui tourna le dos, s'agrippant au tronc, comme elle le pouvait, et essayant quand même de caresser Marabout qui devenait nerveux.

- Paul, je vous déteste ! Vous êtes un monstre !

- Non, Alice, un détective, ni plus ni moins. Hier, au Cannet, après avoir quitté le jeune Bernard, je vous ai vu entrer chez lui avec votre amant.

- Il voulait me prêter un livre.

- Je sais. Ne serait-ce pas un bouquin écrit par quelqu'un que le jeune Bernard appelait "Le fou...du Verdon"?

- Cet auteur n'est pas un fou! C'est un ingénieur belge nommé Demunter.

Paul Gilson sursauta et ainsi manqua de perdre l'équilibre, une fois de plus.

- Vous le connaissez?

- Moi? Pas du tout.

- Il était avec nous sur la scène, le soir du drame.

Alice parut sincèrement étonnée. Paul insista :

- Il avait même posé une question écrite au fakir.

- Je vous répète que je ne le connais pas, sinon par le peu que Désiré m'en a dit.

- Désiré?

- Je veux dire monsieur Meunier.

- Et qu'en a-t-il dit?

- Que ce Demunter est un génie qui a fait des découvertes fondamentales dans le Verdon.

- Lesquelles?

- Je ne sais pas encore très bien; je dois lire le livre.

- Alice, je vous demanderai de me dire tout ce que vous savez, en toute franchise. Ce soir-là, ce funeste soir, il y avait, sur scène, dix personnes dont l'une a empoisonné votre ami Dominique. Et ainsi, toutes les dix sont suspectes - a priori, j'entends. A priori, je veux dire sans preuve formelle à ce jour. Vous comme les autres, vous êtes suspecte, chère Alice.

La jeune femme s'arracha du tronc d'arbre et se retourna vers Paul, bousculant Marabout qui n'en pouvait mais.

- Vous êtes un monstre, je vous l'ai déjà dit.

Comme elle semblait vouloir retourner vers les bâtiments, Paul la retint par la manche :

- Non, Alice, continuons vers Le Caire. Je vous donnerai le bras.

- Non, Paul. J'ai changé d'avis, c'est trop loin. Prenons ce chemin de traverse, ici.

La jeune femme fit un geste pour se dégager, puis renonça tout en entraînant Paul vers le sentier qu'elle venait de désigner.

- Monsieur le détective, qu'attendez-vous de moi ?

- La vérité, madame la Merveilleuse. Toute la vérité. Pour m'aider à venger l'infortuné fakir. Mort stupidement, ne trouvez-vous pas ?

- Les fakirs meurent aussi, n'est-il pas vrai ?

Paul se sentit sur le point de se fâcher.

- Ah non, Alice, pas vous ! On m'a déjà servi ce stupide truisme. La femme de votre Désiré, par exemple.

La jeune femme eut un rire méprisant :

- Oh, celle-là ! Pauvre Désiré ! Et pauvre Bernard, leur fils.

- D'accord, d'accord. Précisément, parlons de ce jeune homme. Il est a priori suspect, comme les neuf autres, qu'on le veuille ou qu'on ne le veuille pas.

- Là, vraiment, je ne puis guère vous aider. C'est un rêveur, dit son père, mais à l'occasion violent, incompréhensible. Et très irrégulier, parfois brillant élève, et parfois cancre. C'est ainsi qu'il a dû recommencer sa première et aussi sa terminale.

- Ses parents le gâtent.

- La mère, surtout. Mais Désiré lui a offert une petite voiture japonaise. Et ainsi Bernard s'estime libre, libre de tout.

- Libre aussi dans ses rapports avec feu Dominique ?

Alice se détourna, puis :

- Ici, Marabout ! Pas dans ce fourré tout crotté.

- Alice, je répète ma question.

- Que voulez-vous que je dise ! Vous, le détective, vous savez certainement quelle était la réputation de Dominique.

- Un monsieur de mœurs spéciales, comme disent les gens bien élevés. Mais Bernard ?

- C'est le cauchemar de son père.

Paul s'arrêta et parut réfléchir. « Tapette et violent » se disait-il.

- Je l'avais pris pour un garçon charmant, vif, instruit. Et ma femme voyait en lui un être fragile. Vous aviez peut-être remarqué que ce soir-là, au théâtre, je me trouvais assis à côté de lui. Mon autre voisin était un Noir assez amusant. J'ai vu que vous lui disiez quelques mots, sur la scène. C'est un de vos amis ?

- Non. Je l'avais rencontré à Marseille, et il m'avait parlé de vaudou.

- Vaudou ? La sorcellerie nègre ?

- Pas du tout ! Vous n'y connaissez rien, Paul. Mais là, rien !

- C'est de la magie noire alors ?

- Non, ce n'est pas de la magie. Ni noire ni blanche.

Tout en discutant et bavardant, bras dessus bras dessous, Paul et Alice étaient arrivés à l'arrière des corps de logis, sagement suivis par Marabout. Maintenant, ils s'engageaient dans un plan incliné au pavement si douloureux qu'Alice s'appuya plus fortement encore sur son compagnon. Comme ils débouchaient ainsi sur l'arrière des jardins en terrasses, Alice s'interrompit subitement :

- Ça alors !

Elle montrait, au pied des jardins, un monsieur élégant encadré par deux jolies femmes, une brune et une blonde en lesquelles Paul reconnut sa femme et son adjointe. Le petit groupe discutait gaiement avec, çà et là, un léger éclat de rire.

- Ça alors ! répéta Alice.

Le monsieur élégant n'était autre que son amant Désiré Meunier…

* * * * *

Chapitre VII

Dès que Paul les eut quittées après leur arrivée sur le plateau des Courmettes, Dédée et Stéphanie, de leur côté, se dirigèrent vers le bâtiment de droite, lequel abritait le restaurant - ou plutôt le réfectoire, disons. Fidèles aux consignes données par le patron, elles abordèrent le premier venu, un jardinier.

- Dites-nous, monsieur, comment se fait-il que vos jardins soient en si mauvais état ?

- Les sangliers, madame. Les sangliers, un vrai désastre !

- On ne les chasse pas ?

- En cette saison, c'est interdit, malheureusement. Alors, nous clôturons, comme nous pouvons. Un désastre, vous dis-je…

- Y a-t-il des activités, ici, en ce moment ?

- Oui, un séminaire, là, sous la troisième arcade.

- Et cette librairie, on peut la visiter ?

- Bien sûr, madame. On dit qu'elle est très bien. Elle porte d'ailleurs un très joli nom.

Dédée et Stéphanie lurent ensemble : "Au Pays des Merveilles".

La librairie n'avait rien de ces bric-à-brac occultistes comme on en trouve trop souvent. Nette, bien ordonnée, bien éclairée, elle faisait sérieux, même si certains titres ne pouvaient que décourager les non-initiés et a fortiori les rationalistes forcenés.

Les deux jeunes femmes parcoururent les rayons, un peu au hasard, rayons où l'on rencontrait : Réalisation de soi – La mort réconciliée – Le yoga polaire – Énergie positive, énergie négative... Mais aussi : Les pouvoirs secrets des pierres et des cristaux – ABC de la numérologie – Prends ton pendule et va ! – Essais de télépathie et de télékinésie. Et aussi : La médecine chinoise – Chakras - Guérison par la force de l'esprit... Et même : Votre chat et vous – Le Feng Shui de Minet...

- Cela doit séduire le gros public, remarqua Stéphanie, même et surtout s'il ne sait pas exactement de quoi il retourne.

- Oh, Stéphanie, regarde !

Dédée venait de retirer un petit livre qui gisait à plat, au bas d'un rayonnage : "Au pays des fumistes : fakirs, gourous et autres dangereux farceurs..."

- Tu vois, Stéphanie-Dominique, l'auteur c'est ton homonyme, Dominique de la Roche-Aiguë. Notre Dominique Rochaigues ! Tu savais qu'il avait écrit un bouquin ?

- Non.

- Vous connaissiez ce jeune homme ? fit une voix venant de la seconde salle du magasin. C'était le libraire, un homme grand et sympathique.

- Vous connaissiez ce pauvre fakir ? répéta-t-il en s'avançant. Enfin, ce soi-disant fakir, dirais-je plutôt.

- C'était un ami, mentit effrontément Stéphanie. Nous déplorons sa fin tragique.

- Oui, madame. Mais cela devait arriver. Il s'était fait beaucoup d'ennemis.

- Pourquoi ?

- Il était trop catégorique dans ses affirmations. Tenez, je me souviens d'une conversation d'il y a deux ou trois semaines. Un homme au fort accent étranger brandissait le livre que vous tenez là. « Le sale petit jeu mené par ce

Roche-Aiguë ne durera plus longtemps, je vous en fiche mon billet » ou quelque chose comme cela.

- À qui parlait-il ?

- À deux clients inconnus.

- Et que répondaient ces deux personnes ?

- Rien du tout. Comprenez-moi bien : l'esprit fondamental de ce Centre c'est la tolérance.

- Auriez-vous revu le vilain personnage qui parlait si violemment ?

- Non. Et pourtant, je l'aurais reconnu, tant il ressemblait à l'acteur John Wayne.

Stéphanie et Dédée se regardèrent d'un air entendu.

- Ce John Wayne, c'est un habitué du Centre ?

- Non non, mais des gens m'en ont parlé : c'est quelqu'un qui s'occupe de je ne sais quelle secte. Il avait demandé de pouvoir organiser ici un séminaire. Seulement voilà, les sectes, nous n'en voulons pas dans le Domaine.

- Quelle secte représentait ce monsieur ?

- Ce serait, paraît-il, un groupement établi près du Verdon. Près de Castellane, oui.

- Il ne vous a pas parlé ?

- Non, il a proféré un juron, en allemand je crois, puis a jeté le livre à la volée, là où vous l'avez trouvé. Et depuis, personne n'en a voulu.

- Pourquoi ?

- Je vous disais, mesdames, qu'ici on est pour la modération, le respect des idées des autres. Ni ce soi-disant John Wayne, ni votre Roche-Aiguë n'ont leur place ici. Tenez, je vous le donne, le bouquin. En souvenir de ce Dominique.

Les deux femmes se regardèrent et ce fut Dédée qui conclut :

- Au revoir, monsieur, et merci pour le livre, merci pour tous ces renseignements. Mais dites-moi, quelle est cette curieuse odeur que je sens ici ?

- Une odeur très suave, corrigea Stéphanie.

- De l'encens, madame. Nous en vendons beaucoup. L'encens est propice à la méditation. Et c'est une aide incomparable en matière d'autopsychothérapie. Tenez, je vous offre un bâtonnet, ce sera aussi en souvenir de ce pauvre Dominique. Nous vendons des brûle-parfum, si cela vous intéresse.

- Merci non. Ou plutôt mille mercis pour votre gentillesse. Au revoir, monsieur.

Les deux amies quittèrent la librairie et se dirigèrent vers les arcades.

- Je crois, fit Dédée, qu'on vient de nous mettre sur une piste sérieuse, celle du cinquième de mes "Dix Petits Nègres".

- Pas de conclusion hâtive, ma chère.

Sur les murs du bâtiment, sous les arcades, elles lurent quelques affichettes collées çà et là : "Rencontres avec un swami indien – Formation au toucher psychothérapique – Le langage du chant - Comment développer son ego en travaillant sa voix"...

- Écoutez ces chants, Stéphanie. Des chants d'une douceur inconnue. C'est prenant.

Arrêtées devant une porte fermée, elles écoutèrent un moment.

- Joli, joli, répondit Stéphanie, mais je ne crois pas que ces aimables choristes puissent nous apprendre quelque chose. Passons à une autre porte, celle du bout.

Elles s'approchèrent et lurent : "Séminaire des Élus de Raël", puis : "Entrée libre".

- Ça, continua Stéphanie, c'est un nom connu de notre enquête : feu Dominique a été un moment membre de ce... Ce clan ? Cette secte ? Alors, entrons, on verra...

Discrètement, un jeune homme en djellaba apparut dans la porte entrebâillée, murmurant :

- Il y a deux places libres, là, au bout de la dernière rangée, à côté de ce monsieur.

La salle était plongée dans une demi-obscurité, et les deux torches qui brûlaient dans le fond n'apportaient pas grand-chose à l'éclairage de l'estrade où pérorait un personnage barbu et chevelu, en djellaba lui aussi. Une vingtaine d'auditeurs l'écoutaient avec beaucoup d'attention.

Tâtonnant, trébuchant, serrant son petit livre sous le bras, Stéphanie prit place, s'excusant près du monsieur assis qu'elle avait légèrement bousculé. À peine installée, Dominique murmura à l'oreille de sa voisine, tout bas, très bas :

- Regarde ton voisin. On le connaît, non? Mais qui est-ce?

Semblant s'intéresser vivement à sa nouvelle voisine, ledit voisin lui adressa un sourire encourageant :

- Écoutez madame, ça va être marrant.

Le barbu continuait à pérorer avec conviction :

- Comme je vous le rappelais tout à l'heure, la Genèse désigne Dieu par un pluriel : Elohim, au singulier Eloha, celui qui est venu du Ciel. Autant dire un "extraterrestre" en langage moderne. La Terre a donc été réorganisée par des Elohim, et ce sont ces extraterrestres qui ont créé l'homme « avec la glaise de la terre », comme l'écrit la Bible. C'est-à-dire avec les éléments terrestres qui constituent notre corps : le carbone d'abord, et le calcium, et l'oxygène, et le soufre, et l'azote, et le fer, et cetera et cetera.

- Comment, ça? demanda un auditeur en levant la main.

- Par clonage, monsieur. Par clonage à partir d'eux-mêmes, c'est l'évidence même!

Car ces êtres étaient beaucoup plus avancés que nous. Par exemple : « L'esprit des Elohim planait au-dessus des eaux », dit toujours la Bible. Évident, évident, messieurs dames! Ces extraterrestres se déplaçaient en soucoupe volante, de ces soucoupes que des milliers de personnes ont encore pu voir de nos jours!

« Moi, Gabriel, fils spirituel du grand Raël, notre Guide à tous, je vous dis qu'il faut savoir lire convenablement la

Bible, le Livre des livres. Par exemple, la Genèse dit : « Ils (les Elohim) virent que la lumière était bonne ». Évident, évident ! Grâce à cette atmosphère qu'ils avaient apportée sur la terre, ils avaient filtré la lumière solaire, la rendant bonne pour l'homme et pour tous les êtres vivants qu'ils voulaient génétiquement créer.

- Et la femme ? demanda une auditrice.

- Lisez donc la Bible, madame. Les Elohim, nous dit-elle, prélèvent une côte à l'homme, c'est-à-dire un échantillon vivant, masculin, dont les cellules sont pourvues de deux chromosomes sexuels, un X et un Y. On retire l'Y et on met un X à la place. Le clonage donnera des cellules XX, c'est-à-dire féminines. Tout cela est si simple.

- Qu'en dites-vous ? demanda le voisin de Stéphanie.

La jeune femme sourit sans répondre et leva la main :

- Au catéchisme, on nous parlait d'une faute originelle. Qu'en est-il selon vous ?

Le barbu prit une profonde inspiration :

- Les Elohim, madame, avaient sur terre des laboratoires étiquetés "Secret défense", ou encore, en langage codé, "Arbre de la Connaissance du Bien et du Mal". L'entrée en était interdite aux humains, mais ceux-ci voulurent y pénétrer, en cela renseignés et encouragés par un agent double appelé "Le Serpent". Vous connaissez la suite. Les Elohim ont renforcé la défense des secrets en plaçant, devant les laboratoires, des Kérubîns, c'est-à-dire des commandos, armés de lasers fulgurants - de "glaives", dit la Genèse. Encore des questions ?

- Parlez-nous de Raël, votre gourou, lança Dédée.

Le barbu sembla bondir d'indignation :

- Raël n'est pas un gourou, madame, c'est le Guide des Guides. Il est le fils génétique d'un extraterrestre et d'une terrienne. Pourquoi souriez-vous, madame ? Jésus n'est-il pas le fils de Dieu et d'une fille de la Terre ? Et comme Jésus, Raël est un prophète. Ce sont les extraterrestres qui lui ont donné l'illumination quand ils l'ont rencontré en 1973, en Auvergne, dans les volcans. Raël est un prophète qui nous aime, nous, les Élus. Oui, il nous aime, tous. Sa mission est de nous préparer au retour des Elohim, pour lesquels nous devons construire une ambassade. À Jérusalem, si possible.

- Et alors, grommela Dédée, crachons tous au bassinet. Pour les frais de construction.

- Je sais, je sais, répondit Stéphanie. D'après ce que j'ai appris des Renseignements Généraux, chaque Élu doit verser 10 % de sa fortune.

Et comme le nommé Gabriel reprenait son discours : « Et maintenant, passons au déluge », Dédée se leva et dit à haute voix :

- J'en ai marre, on fout le camp !

Laissant le sous-gourou glapir depuis l'estrade : « Silence, je vous prie ! » le voisin de Stéphanie fit, à mi-voix :

- Vous avez raison, partons.

Au moment de sortir, il se retourna et montra l'écusson qui dominait le fond de la salle :

- Regardez bien, c'est leur insigne : une croix gammée et une étoile juive, entrelacées.

- En effet, répondit Stéphanie. Qu'est-ce que cela veut dire ?

- J'ai une explication. Je vous la donnerai dehors.

- Silence, silence, je vous en prie, s'égosillait le sous-gourou Gabriel tandis que le trio refermait la porte.

Ensemble, ils poussèrent un énorme soupir.

- Monsieur, dit Dédée, je crois vous reconnaître. Vous êtes le père de Bernard Meunier, n'est-ce pas ?

- Oui, madame. Et vous ?

- Andrée Beaumesnil, et voici mon amie, Stéphanie Delasnes.

On se serra la main. « Bel homme », « De la classe » songeaient les deux femmes, chacune de son côté. Le bel homme sourit avec beaucoup de classe, et agitant l'index droit levé, il fit, non sans ironie :

- Et toutes deux de l'agence Matari, n'est-ce pas? Vous m'aviez filé, au Cannet, alors que je reconduisais une vieille amie.

- Amie qui n'est autre qu'un merveilleux mannequin de mode, Alice Wonder, répliqua Dédée en agitant à son tour l'index droit.

- Amie qui vous attend ici aux Courmettes, n'est-ce pas? compléta Stéphanie.

Meunier ne parut nullement décontenancé.

- Bien, très bien, mesdames. Alors, promenons-nous un peu, il fait si beau.

- Mais dites-nous, monsieur, que faites-vous dans la vie?

- Ingénieur directeur chez Alcatel. Pour vous servir, mesdames.

- Et vous vous intéressez à tout cela?

- C'est plutôt mon fils, qui s'intéresse... Et aussi Alice, ajouta-t-il après un moment.

Comme ils marchaient vers l'arbre aux sephirot, Dédée voulut entrer dans le vif du sujet :

- Nous sommes des détectives, certes. Mais...

Elle s'arrêta sur un signe de Stéphanie semblant dire : « Pas trop vite... »

- ... Mais que signifie cet insigne qui semble mélanger les juifs et les nazis?

- Eh bien, voici une explication possible. La croix gammée est surtout, et avant tout, un signe spirituel indien, la svastika. Et ainsi, me semble-t-il, Raël prétend fusionner les spiritualités juive et aryenne.

Puis, prenant l'air du monsieur qui va en sortir une bien bonne :

- À propos de spiritualités juive et chrétienne, justement, vous connaissez l'histoire du curé et du rabbin, discutant du paradis?

- Euh, non…

- Voici : Le curé se met à raconter, les deux mains croisées sur le ventre : « J'ai rêvé cette nuit que j'allais au paradis des juifs. C'était petit, étroit, sale, poussiéreux. Et il y avait du monde, du monde, une foule compacte, malodorante. » Le rabbin sourit dans sa barbe : « Curieux, cher ami curé. Cette nuit, j'ai rêvé, moi aussi. J'étais entré au paradis des chrétiens. C'était vaste, beau, superbe, avec des lustres de Venise et des lambris de marbre blanc. Mais il n'y avait personne… »

Les deux femmes se mirent à rire, en forçant un peu, et plutôt par diplomatie, quand soudain leur compagnon s'écria, montrant quelque chose en direction de la librairie :

- Ça alors !

- Ciel, mon mari ! fit Dédée avec humour. Avec votre amie, monsieur.

- Où diable se sont-ils rencontrés, grommela Meunier.

- Dans la spiritualité… Comme nous.

Suivis par un Marabout trottinant, Paul Gilson et Alice la Merveilleuse descendirent le long du restaurant. On se serra la main avec une certaine perplexité.

- Monsieur Paul est détective, risqua Alice pour briser la glace.

- Et ces dames aussi, répliqua son ami. L'affaire Dominique Rochaigues, sans aucun doute ?

- On ne peut rien vous cacher, fit Paul très désinvolte. Puis, se tournant vers Stéphanie : « Vous avez acheté un livre ? »

- Non, c'est un cadeau, patron. Et devinez qui est l'auteur ? Notre cher Dominique !

Paul prit le livre, fit mine de le feuilleter, mais le referma :

- Nous en parlerons plus tard. D'abord manger, ce magnifique réfectoire nous attend. Tiens, nous ne sommes pas les seuls, regardez, là : le Sage Zazahot et ses ouailles !

On entra, on jeta un regard sur le petit groupe, et l'on se dirigea vers le buffet.

- Mes excuses, messieurs dames, fit poliment un garçon. L'entrée est interdite aux chiens.

- Bien, bien... Va jouer dehors, Marabout.

Au-dessus du buffet, une affichette proclamait : « Aujourd'hui, cuisine végétarienne. »

- Parfait pour la santé, fit Meunier pour dire quelque chose. Mon prénom est Désiré, ajouta-t-il en regardant l'un après l'autre ses compagnons.

- Nous savons, nous savons, firent en chœur Paul et Stéphanie.

On prit des couverts et des assiettes et on se servit sans trop d'enthousiasme : salades de toutes les couleurs, haricots et petits pois, poireaux et chicorées, radis et concombres, boulgour et ratatouille.

- Excellent pour notre karma à tous, proclamait un cuisinier en toque verte. Excellent !

Désiré semblait aimer les plaisanteries faciles, car à peine était-on assis qu'il lança :

- Vous connaissez la différence entre un bifteck et une planche à pain ?

- Non, répondit-on un peu froidement.

- Donc, mesdames, monsieur, si on vous sert une planche à pain dans votre assiette, vous essayerez de la découper et de la manger !

On répondit par des sourires de politesse, et Dédée crut bon de rompre la gêne qui risquait de s'installer :

- Ici, pas de planche, pas de bifteck... On se contentera de ce boulgour. Excellent, comme disait le cuisinier vert !

Lequel cuisinier leur adressa un large salut.

- Excellent ! répétèrent les autres, presque en chœur.

- Et maintenant, parlons de choses sérieuses, fit Paul. D'abord, de ce livre, qui s'intitule...

Dédée lui coupa brusquement la parole :

- Regarde qui arrive ! Le gourou Gabriel, celui que nous avons écouté tout à l'heure.

- Avec sa tribu, lui aussi, ajouta Stéphanie. Les "Élus de Raël" !

- Parfait, nous verrons tout ce petit monde après le repas.

Dans leur coin, les raéliens, debout, entonnaient, en sourdine, une curieuse mélopée. Plus discrets, les kabbalistes se contentaient de faire honneur aux plats végétariens.

Paul et ses compagnons restaient nettement plus discrets.

- Détective, c'est un beau métier, fit Désiré. Vous savez que Charles Pasqua fut l'un des vôtres ? Je veux dire, un privé, comme vous !

- Ah ? D'où tenez-vous ce renseignement ?

- De mon fils. C'est un esprit très curieux.

- Il a beaucoup d'amis ?

- Oui et non. Un temps, il en avait un au Cap d'Antibes. Il y allait souvent. Plus tard, ce fut sur la Croisette. Puis vint le fakir, comme vous savez.

- Et maintenant ?

- Je ne sais pas. Peut-être aujourd'hui…

Alice donna un léger coup de coude à Désiré, ce qui interrompit les confidences.

- Eh oui, fit-il comme pour se rattraper. Vous connaissez la différence entre un bon ami et un beau papillon ?

Les têtes se secouèrent négativement et Désiré eut un petit rire :

- Vous ne la connaissez pas ? Non ? Ne cherchez plus, il n'y en a pas !

Réplique qui eut pour seul objet de faire régner le silence jusqu'à la fin du repas.

- Maintenant, dit alors Paul, au travail, si vous le voulez bien. Stéphanie et Dédée iront interviewer le sage Zazahot. Moi, j'en ferai de même avec le gourou raélien.

- Et nous ? demandèrent en chœur Désiré et son amie.

- Vous promènerez Marabout. Le pauvre pleurniche devant la porte. Rendez-vous à l'arbre de vie des kabbalistes. D'accord ?

Un quart d'heure plus tard, Paul d'une part, Stéphanie et Dédée de l'autre, se retrouvèrent, plutôt penauds, dans le jardin en terrasses.

- Le sage Zaza-machin n'avait entendu parler de notre fakir que par la presse. Mais il a eu une remarque un peu étonnante : « Il lui est arrivé ce qui arrive aux gens qui se mêlent de ce qui ne les regarde pas et s'écartent ainsi des voies de la sagesse. »

- Ce qui ne veut pas dire grand-chose, conclut Paul. Moi, j'en ai appris un peu plus, un peu, très peu. Écoutez : « Le soi-disant fakir, déclara le gourou, fut effectivement l'un de nos membres, mais il s'est attiré quelques inimitiés et il nous a quittés. » Quelles inimitiés ? ai-je demandé. Réponse : « Je ne sais plus. » Alors, ai-je dit, aidez-nous, nous essayons de découvrir un criminel. De quelles inimitiés aurait souffert, chez vous, Dominique Rochaigues ?

Le gourou ne devint coopératif qu'à la vue d'une de ces belles images éditées par la Banque de France : « Anatole Chavari » murmura-t-il.

- Le président de la société des arts et cetera ? demandèrent en chœur les deux femmes.

- Oui, mais à ce que j'ai compris, il n'était pas encore président au moment des faits dont m'a parlé le gourou.

- Bravo, fit Dédée, cela fera donc, parmi mes dix “Petits Nègres”, un de plus à répondre “présent !”

- Donc, nous n'avons pas perdu notre temps, conclut Stéphanie.

Montrant le petit livre de Dominique, elle ajouta :

- Et je suis sûre que là, nous en apprendrons un peu plus.

Ils s'en allèrent retrouver les deux amants, qui bavardaient main dans la main devant l'arbre aux onze boules de cristal.

Arbre auquel Marabout, une fois de plus, adressait son petit salut hitlérien rituel, la patte arrière droite bien tendue.

- Et alors ? demandèrent-ils avec un bel ensemble.

- Boulot, boulot, boulot, répondit Paul avec un geste vague.

- Tiens, fit Désiré, connaissez-vous la différence entre…

- Non, monsieur, et je le regrette. Mais le temps nous presse, nous devons redescendre.

- Moi, je loge ici, fit Alice. Je crois vous avoir dit que j'ai une chambre… Une chambre single, crut-elle bon d'ajouter.

- Et moi, je partirai ce soir, compléta l'amant avec un faux détachement.

Là-dessus, on se serra la main, mi-froidement, mi-cordialement, la main d'Alice, toutefois, s'attardant un peu trop dans celle de Paul.

- Tiens, fit Dédée comme les trois détectives s'approchaient du parking, connaissez-vous la différence qui existe entre deux amants ?

- Non.

- Il n'y en aucune, tous aussi bébêtes… !

*

- Allô ! Ici Paul Gilson.

Paul et Dédée venaient de quitter la table, ce même samedi soir.

- Monsieur Rochaigues ! Comment allez-vous ? Vous voulez savoir où nous en sommes ? Eh bien voici…

Le policier entreprit de résumer, au mieux, le peu de résultats acquis jusqu'ici, ajoutant :

- Nous avançons, nous avançons… Et nous vous tiendrons au courant. Bonsoir, monsieur.

Et il raccrocha.

- C'était le filateur? demanda Dédée. Que voulait-il savoir?

- L'état d'avancement de nos filatures.

Sur ce, le téléphone se mit à sonner de plus belle.

- Oui, ici Paul. Bonsoir Alice... Quoi?... Mort?

Comme Dédée se faisait attentive, Paul brancha le haut-parleur.

- Quoi! Marabout est mort? Tué... Lui aussi!

La voix d'Alice, secouée par de brefs sanglots, racontait :

- Après le dîner, après le départ de Désiré, j'ai voulu prendre l'air. « Attention aux sangliers! » me dit-on. Effectivement, dans la demi-obscurité, il me semble apercevoir une forme basse et trapue, à la limite des bois. J'appelle : « Viens ici, Marabout ». Et c'est à ce moment qu'éclate un coup de feu. Marabout a un sursaut puis retombe... Mort...

- Elle pleure, fit Dédée.

- Mets-toi à sa place! Et ensuite, Alice?

- Maudits chasseurs! Ils avaient visé le sanglier et raté leur coup.

- Impossible, fit Dédée en se penchant vers le cornet. Impossible, madame, la chasse n'est pas ouverte, on nous l'avait dit là-haut. On a volontairement tiré sur votre chien.

- Mais pourquoi, pourquoi? demandait Alice d'une voix brisée.

Paul et sa femme se regardèrent perplexes.

- L'histoire du chat Molécule semble se répéter, dirait-on.

- Alice, écoutez-moi, fit Paul. Ce meurtre est plus que suspect. Vous m'entendez? Parfait. Trouvez un linge, un essuie-mains et enveloppez le petit corps. Prévenez votre ami Désiré, tout de suite.

- C'est fait.

- Bon, rappelez-le et dites-lui de vous trouver un vétérinaire demain matin. Oui, demain dimanche. Portez-lui Marabout et demandez une autopsie, d'urgence. Oui, d'urgence!

- Une autopsie ! Mon pauvre Marabout !

- Vous récupérerez la balle, si on la trouve. Et cette balle, vous me l'apporterez d'urgence, ici, à l'agence. Oui, je dis bien, d'urgence !

- Bien Paul. Que craignez-vous ?

- Je vous l'expliquerai. Mais calmez-vous, Alice ! Croyez bien que Dédée et moi compatissons de tout notre cœur. Maintenant, dites-moi, qu'avez-vous fait après le coup de feu ?

- J'ai pris Marabout dans mes bras. Il saignait… Oui, du sang, du sang…

Nouveaux sanglots.

- Alice, chère Alice, essayez de vous calmer. Vous n'avez vu personne à ce moment-là ?

- Si, Gabriel.

- Le gourou ?

- Gabriel n'est pas un gourou. C'est un monsieur très bien. Attentionné.

- D'où sortait-il ?

- Je ne sais pas.

- Et il n'a rien vu ?

- Je ne le lui ai pas demandé. Mais il m'a dit : « Votre belle robe blanche est tachée de sang. C'est néfaste pour votre karma. »

- Et ensuite ?

- Il m'a priée de la retirer immédiatement.

- Quoi ?

- Et il a tourné la tête tandis qu'il enlevait sa djellaba.

- Et ensuite ?

- Qu'êtes-vous en train d'imaginer ? J'ai passé la djellaba et nous avons enveloppé le pauvre Marabout dans ma robe. Ma belle robe que je ne mettrai plus jamais, jamais !

Nouveaux sanglots.

- Alice, restons-en là pour le moment. Essayez de dormir et nous reverrons tout cela ensemble, à notre aise. Demain… Non lundi. Bonsoir, Alice. Nous pensons à vous. Beaucoup…

- Bon courage, madame, cria Dédée vers le combiné.

Paul raccrocha, pensif.

- Deux meurtres similaires. Certes, il ne s'agit que de deux pauvres petites bêtes. Mais…

Comme il se rasseyait à table, Dédée lança, avec un air de quasi certitude :

- Il y a un rapport certain entre ces meurtres et l'assassinat du fakir.

Paul sourit avec scepticisme. Puis, brusquement :

- Peut-être aurais-tu raison. Cette fois, je vais parler de tout cela au commissaire Morand.

- Bravo, chéri. Je vais inviter notre ami, ici, pour un dîner, lundi si possible. Cela vaudra mieux qu'une démarche à l'hôtel de police.

- Je souhaiterais que Stéphanie soit de la partie.

- D'accord. Mais aussi, pourquoi pas, son ami, son grand ami ?

- L'officier de marine de Toulon ? Soit, s'il est libre.

- Ce sera donc un dîner à six, avec madame Morand. Tu l'as déjà rencontrée ?

- Il y a longtemps, à Paris. Une très belle femme, toujours gaie.

- Bien, bien, chéri. Ainsi pourras-tu jouer au joli cœur… Une fois de plus !

* * * * *

Chapitre VIII

- Chéri, à table ! On déjeune sur la terrasse, il fait si beau !

Enfermé dans son bureau, Paul Gilson avait consacré la matinée de ce dimanche à lire le petit livre de feu Dominique Rochaigues, et surtout à en relire certains passages, prenant note sur note. Et tout à coup, il s'était écrié : « J'ai trouvé ! Il y a un code ! »

- Oui, Dédée, regarde : ce bouquin, intitulé "Au pays des fumistes etc.", contient un long texte crypté ! Tu vois ?

Paul Gilson montrait une liste de quelques noms propres suivis de textes griffonnés.

- Stéphanie avait raison lorsqu'elle disait se méfier du personnage. Ce Dominique faisait du rationalisme certes, mais avec autant de hargne et de divagations que n'importe quel idéologue pétri d'irrationalisme. Je n'aime pas ça. Écoute !

- Chéri, ton potage va refroidir.

La Française Andrée Beaumesnil s'était accoutumée à suivre une coutume bien belge, chère à son Belge de mari : prendre souvent un potage comme entrée au déjeuner - "au dîner", comme on dit en langue belgique. Aujourd'hui, c'était une soupe de poireaux.

- Dédée, tu mettras mon assiette au micro-ondes. Regarde donc cette liste de noms : Léon A, Bernard T, Dieudonné A, Walter J, etc.

- Et alors ?

- Alors ? Cette liste regroupe, en les codant, les noms de certains de nos suspects et de quelques autres personnes. Le code est simple : Rochaigues inversait les initiales et changeait en prénom le nom de famille. Ainsi, Léon A, c'est Albert Lesage, le docteur qui a constaté le décès. Bernard T, c'est Théophile Bamaouli, le Noir qui était mon voisin de salle, au théâtre. Walter J c'est évidemment John Wayne, ou plus exactement Jan Weinaert. Et ainsi de suite. Manquent à la liste, évidemment, les deux petits amis, Ali et Bernard. Mais aussi Alice, notamment.

- Et pourquoi ce codage ?

- Pour pouvoir dire du mal de tout ce petit monde sans risquer des ennuis, judiciaires ou autres. Tu veux des exemples de la prose méchante de feu le fakir ? Voici pour le docteur, noté "Léon A" : « Un médicastre qui fonce stupidement dans les divagations paramédicales, mettant ainsi en danger la vie de ses patients. »

- Tu n'es pas d'accord ?

- Mais non, tout n'est pas mauvais dans le paramédical. J'ai connu des gens qui affirmaient avoir été soignés et guéris par l'acupuncture. Rochaigues manquait d'objectivité.

- Et ensuite ?

- Voici, "Dieudonné A", c'est-à-dire Alfred Demunter : « Un fou dangereux qui se fait du fric au détriment des naïfs acheteurs de ses bouquins remplis d'affabulations ésotériques. »

- C'est vrai ?

- Je ne sais pas, nous n'avons pas encore cherché dans cette direction. Il s'agit, comme tu sais, de cet ingénieur belge que d'aucuns appellent le « fou du Verdon ».

- Et Rochaigues n'avait pas raison à son sujet ?

- Il y a une chose que Rochaigues n'avait pas comprise, c'est qu'on peut mener une lutte pour le triomphe du rationnel sans pour autant tomber dans la virulence et même la méchanceté.

- Et on le lui a fait payer cher, très cher.

- Probablement.

- Et maintenant, à table. Tu es content de ta découverte ?

- Évidemment ! Elle va nous faire progresser. Bon appétit, chérie.

Comme il achevait son potage, Paul demanda :

- As-tu téléphoné au commissaire Morand et à Stéphanie ?

- Oui, et ils sont enchantés de l'invitation. Morand et sa femme viendront ici demain vers 7 heures. Et Stéphanie va contacter son ami.

- Parfait, parfait. J'espère que d'ici là nous aurons des nouvelles de la pauvre Alice. Car il me semble que…

Paul s'interrompit brusquement et reprit en main la liste des noms codés qu'il avait jetée sur un coin de la table.

- Alice ? Mais oui ! Je viens de comprendre brusquement : Alice ne figure pas ici en tant que personnage exécré, mais bel et bien à titre de victime anonyme. Tu vois là, ce nom : Robert P ? Rochaigues l'accuse d'ésotérisme commercial et d'exploitation éhontée de la naïveté de jolies femmes qu'il manipule comme des mannequins. Eh bien, Robert P c'est PR, c'est Paco Rabanne. Alice m'avait parlé de ce grand couturier, qui fut son patron, et ici je puis affirmer que ces accusations sont grossièrement fausses.

- D'où l'on pourrait conclure, fit Dédée en relevant les assiettes, que notre Alice aura voulu punir celui qui avait osé calomnier son patron.

- Ciel ! C'est absurde, ce que tu dis là !

- Je ne sais pas… Mais je te conseille de faire parler Alice sur ce sujet. Tu dois savoir que j'ai souvent de bonnes idées. Allons, chéri, ne tire pas cette tête ! Mangeons…

*

Comme Paul et Dédée s'apprêtaient à béatement somnoler devant la TV vespérale, un coup de sonnette les fit sursauter. C'était Alice.

- Montez, Alice, c'est au onzième étage.

Quand Dédée ouvrit la porte de l'appartement, elle vit une silhouette sombre qui s'avançait en portant un gros livre dont elle extrayait une photo.

- C'était lui. C'était Marabout.

- Mais vous pleurez, fit Paul, oubliant les salutations d'usage.

- Elle est en deuil, ajouta mentalement Dédée.

Non, Alice n'était pas en deuil ; elle avait simplement revêtu une robe bleu marine, assez sombre en effet, mais suprêmement élégante.

- Croyez bien que nous compatissons, fit Paul en coupant la TV.

- Tiens, songeait Dédée, allons-nous assister à un bis du scénario "Molécule" ?

S'étant assise et ayant déposé son livre sur la table du salon, Alice répéta consciencieusement ce qu'elle avait relaté au téléphone. Puis elle exhiba un petit sachet et le tendit à Paul :

- C'est la balle qui l'a tué.

- Du Herstal 6,35, fit Paul après un bref examen. Exactement comme pour Molécule.

- Molécule ?

- Un chat. Oui, le chat d'un physicien qui s'était déclaré farouche adversaire des idées de feu Rochaigues. Vous devez le connaître, Rocca di Bellavista.

Alice réfléchit un moment en se tamponnant une dernière fois les yeux.

- Non, je ne vois pas.

- On peut émettre ici une hypothèse : une même personne a abattu ces gentils animaux que vous aimiez tant, l'un et l'autre, comme si elle avait voulu venger le fakir. Ou vous punir, l'un et l'autre.

Alice bondit :

- Pourquoi me punir ? J'aimais bien Dominique, je ne lui ai jamais rien fait.

- Vous n'avez jamais repoussé ses avances ? demanda Dédée avec un brin de perfidie.

Alice bondit derechef :

- Madame, vos insinuations sont absurdes. Vous savez très bien quelles étaient les mœurs de Dominique.

- Du calme, mesdames, fit Paul avec un demi-sourire. Mais au point où nous en sommes, Alice, vous devez tout me dire quant à vos relations avec feu Rochaigues.

- Mais je vous ai tout raconté, hier matin !

- Non, vous n'avez pas fait allusion à un entretien que vous auriez eu avec lui à propos de Paco Rabanne. Rochaigues en a tiré des conclusions que je juge calomnieuses pour le couturier, ceci parce que vous vous étiez présentée comme la naïve victime d'un charlatan.

- Ce n'est pas vrai !

- Qui donc a pu renseigner le pseudo-fakir ? Je ne crois pas qu'il connaissait grand-chose dans le domaine de la haute couture. Allons, parlez !

- Je n'ai jamais eu de vraie conversation suivie avec Rochaigues, je vous le jure. Mais…

- Mais ?

Alice hésitait, à nouveau prête à pleurer. D'un coup, elle se décida :

- J'ai un jour parlé de Paco avec le père du jeune Bernard. Mais en bien, croyez-moi !

Paul hocha la tête et soupira en jetant un coup d'œil à sa femme.

- Bravo, Alice ! Il y a longtemps que vous connaissez monsieur Meunier ?

- Un an, je crois. Non, un peu moins, je ne sais plus au juste.

- Peu importe. Le livre de Rochaigues - nous vous l'avions montré aux Courmettes - est tout récent. Ce serait donc Bernard qui aurait parlé de vous et de Rabanne au fakir ?

- Possible… Vous avouerai-je que je déteste ce gamin ? Qui me déteste, d'ailleurs, car…

Alice s'arrêta brusquement pour continuer sur un ton nettement agressif :

- Monsieur le grand détective, reconnaissez que vous me soupçonnez d'avoir participé au complot qui a abouti à l'élimination du pauvre fakir. À vos yeux je suis suspecte, n'est-ce pas ? En ce cas, je vous quitte. Adieu. J'espère ne plus vous revoir.

Plutôt interloqués, Paul et Dédée virent Alice se lever, reprendre son livre, se diriger vers la porte puis, se ravisant, jeter l'ouvrage sur la table :

- Je voulais en discuter avec vous, mais maintenant je m'en f… Gardez-le. Adieu !

Et elle sortit en claquant la porte. Dédée jeta un coup d'œil sur le livre :

- Tu vois le titre : « Jabron, Île des Gardiens » ? Auteur : Alfred Demunter.

Puis, après un temps :

- Dis-moi, Paul, tu y comprends quelque chose ?

- À quoi ?

- À tout ce micmac : le chat Molécule, le chien Marabout, le grand couturier, le grand physicien, la grande Alice, et tutti quanti. Tu t'y retrouves, toi ?

- Peut-être, chérie. Peut-être…

*

Le lendemain, dès après le petit déjeuner, Paul descendit immédiatement au bureau. Stéphanie l'y attendait.

- Merci pour l'invitation, fit la jeune femme. Romain sera des nôtres.

- Le lieutenant de vaisseau Romain de... machin ?

- Romain de Havré, détaché auprès de la police maritime.

- Très bien, nous serons en famille. Je veux dire entre flics. Et maintenant au travail. Ce matin, chère Stéphanie, nous mettrons le fakir entre parenthèses et nous nous occuperons exclusivement des affaires courantes. D'abord, le Manet qui avait été volé ?

- Ce n'était pas un Manet, mais bien un Monet. Un faux, au demeurant. Dupontd l'a retrouvé chez un antiquaire, dans le Vieux Nice. On laisse tomber ?

- Le propriétaire a payé nos honoraires ?

- Oui, patron.

- Bon, affaire suivante.

Stéphanie commença une énumération : « Un internement psychiatrique abusif. La disparition d'une fille mineure. Un filoutage par une compagnie d'assurance. Un quidam qui... »

Mais Paul n'écoutait plus.

- Stéphanie, dit-il, voulez-vous demander pour moi une consultation chez le docteur Albert Lesage, à Antibes.

- Vous êtes souffrant ?

- Non, obsédé.

- Par l'affaire du fakir Dominique, évidemment ?

- Par quoi serait-ce d'autre, chère Stéphanie-Dominique ?

- Ce médecin est donc un psy ?

- Non ! C'est l'un de nos suspects, comme vous le savez.

Stéphanie feuilleta l'annuaire, appela le médecin puis raccrocha.

- Aujourd'hui à 15 heures. Chemin des Sables, 17.

- Parfait. Maintenant, revenons à nos moutons.

*

Abandonnant Dédée aux affres de la préparation d'un dîner pour six personnes, Paul s'en était allé vers Antibes, traversant Golfe Juan - souvenirs de Napoléon Bonaparte ! - puis Juan-les-Pins - souvenirs de Sydney Bechet !

La salle d'attente du docteur n'était qu'un simple corridor. Coincé entre une Bonne Sœur visiblement angoissée et une vieille demoiselle plutôt souriante, Paul attendait, jetant un coup d'œil sur un numéro de "L'Express", vieux de six mois.

- Tiens, lui dit la demoiselle, vous connaissez le docteur Lesage ?

- Moi ? Un peu, si peu.

- Vous savez que c'est un disciple du docteur Hamer ?

- Non. Qui est ce Hamer ?

- Le père de la médecine du cœur…

- … et du décodage biologique des maladies, ajouta la Bonne Sœur.

- La médecine de demain, celle de l'esprit et…

- Monsieur Paul Gilson, appela l'assistante en ouvrant la porte du cabinet.

Paul retrouva le docteur tel qu'il l'avait croisé sur la scène de l'Alexandre III : grand, sec, grisonnant, le regard fixe - un peu trop fixe, pensa-t-il. Au mur, des cerveaux en coupes variées, et une gigantesque photo du David de Michel-Ange dans sa méditative nudité.

- Bonjour, docteur.

- Bonjour, monsieur Gilson. Je vous reconnais : vous êtes le détective qui était présent à mes côtés lors du décès du pauvre fakir.

- Comment savez-vous que je suis détective ?

- Tout se sait, monsieur, tout se sait. Asseyez-vous, je vous prie.

Après un tel préambule, Paul ne pouvait rien faire d'autre que d'entrer d'emblée dans le vif du sujet : « Une enquête privée a été ouverte à la requête du père de la victime et les premières recherches portent sur les témoins immédiats du drame. »

- Tous suspects, docteur. Par définition, dirais-je, et je m'en excuse à votre égard. Connaissiez-vous Dominique Rochaigues ?

- De réputation seulement. Une réputation exécrable d'ailleurs, car cet individu, non content de combattre les affirmations et les procédés grossiers des gourous, ce qui peut se défendre, s'en prenait aux progrès récents, mais hors normes, de la médecine.

- Vous voulez dire le paramédical ? Dans son petit livre, Dominique affirme que ces pratiques mettent en danger la vie des patients.

Le docteur bondit de son fauteuil et se mit à arpenter nerveusement son cabinet.

- C'est faux, monsieur le détective, c'est faux, grossièrement faux. Et mensonger, ignoble, répugnant !

- Calmez-vous, docteur, calmez-vous ! On me dit que vous êtes disciple du professeur Halter ?

- Hamer, Hamer. Médecin et chercheur en Allemagne. Voici son histoire en deux mots : un jour, Hamer se découvre un cancer des testicules, quelques semaines après le décès accidentel de son fils Dirk. Alors, à partir de ce moment-là, il établit empiriquement les "lois biologiques" et les applique systématiquement. Les résultats seront surprenants.

- Et vous pratiquez les méthodes Hamer ?

- Bien certainement, et ainsi ai-je guéri beaucoup de cancers.

- Quoi ?

- Je veux dire beaucoup de pathologies. Pour Hamer, toutes les pathologies sont des cancers : acné, infarctus, dépression, leucémie. Toutes, parce que toutes débutent de la même façon : un choc extrêmement brutal, un conflit aigu et dramatique vécu dans l'isolement et perçu par le patient comme le plus grave qu'il ait jamais connu.

- N'est-ce pas une erreur d'employer ainsi le mot "cancer" à tort et à travers ?

- Pas du tout. Écoutez-moi.

Le docteur se rassit et prit un ton quasi professoral :

- Les mêmes causes produisent les mêmes effets, vous le savez, et ces effets sont des cancers, par définition. Pour soigner un cancer, il faut donc s'en prendre à la cause : le choc psychologique, qu'il importe d'identifier, en toute priorité.

« Comprenez-moi bien : sous l'empire d'un choc psychique, une aire du cerveau subit une rupture de champ et donne des directives anarchiques aux cellules de l'organe dépendant de cette zone : il y a corrélation exacte entre l'évolution du conflit et celle du cancer. Et si le conflit se complique de nouveaux conflits secondaires, alors une nouvelle zone du cerveau peut être atteinte, d'où apparition d'un nouveau cancer - par "métastase", comme dirait un médecin traditionaliste. »

Ceci dit avec une pointe d'ironie sur le mot "traditionaliste". Et comme son auditeur ne semblait pas à l'aise devant ces explications, le médecin poursuivit de plus belle :

- Je me résume, pour vous aider à comprendre : ce sont les programmants bio-génétiques qui sont les déclenchants d'une évolution incapacitante et fatalisante.

Évitant de sourire, Paul Gilson resta un moment silencieux.

- Vous deviez détester Dominique Rochaigues, pour lequel tout cela n'était que dangereuses divagations ?

- Bien sûr que je le détestais ! Et je n'étais pas le seul !

- La personne qui a empoisonné Dominique devait le haïr, elle aussi.

- Vous me soupçonnez ?

Paul se fit tout sucre tout miel :

- Mais pas du tout, docteur, pas du tout ! Je voulais simplement vous demander si vous n'avez rien remarqué d'anormal avant le décès du pauvre fakir. Le criminel était sur scène, avec vous et moi. Et c'est alors que le poison a été versé dans le verre.

- Je dirais plutôt : d'abord préparé, et ensuite versé par quelqu'un qui connaissait très bien le déroulement ultérieur du programme. Il y a eu préméditation.

- Exact, docteur. Mais vraiment, rien ne vous a frappé ?

Le menton dans la main droite, le coude dans l'autre main, le praticien paraissait réfléchir.

- Attendez... Oui, le nègre. Un moment, il a rattrapé le verre que quelqu'un venait de bousculer.

Paul se dit que vraiment tout le monde aimait charger ce pauvre Noir.

- Il est vrai, dit-il, qu'il y a eu une belle bousculade. Excusez-moi, docteur, mais essayez de vous souvenir. Rien d'autre à signaler ?

- Non, je ne vois pas... Si, la nervosité d'un très jeune homme qui était parmi nous. Et le babillage d'une dame en blanc. Sinon, vraiment, monsieur le détective, je ne vois pas. Vous me croyez ?

- Mais oui, je crois vos dernières déclarations, mais j'ai plus de mal à digérer les théories du docteur Hamer.

- Et pourquoi ? fit le praticien en se levant. Tenez, la Bonne Sœur, ici à côté, est un cas typique. Sans violer le secret médical, je puis vous révéler qu'elle a reçu un choc affreux : au beau milieu de la messe de minuit, à la Noël, elle a brusquement constaté qu'elle avait perdu la foi. C'est venu d'un coup, comme ça. Terrible. En conséquence, elle souffre maintenant d'un cas très grave de... non, ici je ne puis rien dire, secret médical, excusez-moi. Paul commençait à en avoir marre du charabia paramédical :

- Elle est enceinte ? lança-t-il avec le plus grand sérieux.

- Monsieur, voyons ! Il y a des limites à la plaisanterie ! Je vous avais parlé d'un cas très grave, dramatique même. Au revoir, monsieur.

*

Dès l'apéritif, ce même soir, le dîner s'annonçait gai, ouvert, chaleureux. Entre deux whiskies, Paul Gilson et Marcel Morand avaient même décidé de s'appeler par leurs prénoms :

- Depuis le temps qu'on se connaît !

- C'était juste après la guerre, à Montmartre, au Lapin Agile.

Paul trouvait que son ex-collègue français n'avait guère changé : un homme grand, sec, l'œil vif. Et toujours cet air un peu sévère, adouci par l'âge il est vrai.

De son côté, Romain de Havré, le lieutenant de vaisseau, avait son petit succès : beau gosse en uniforme, cheveux courts, moustache non moins courte, toujours prêt à raconter des histoires de police maritime (« La chasse à la drogue, ce n'est pas toujours de tout repos »). Ce qui avait amené Morand à parler de sa dernière affaire à Paris (« Eh oui, le milieu n'est plus ce qu'il était ! ») et Paul de sa chasse au trésor, il y a quelques années (« Il n'y avait pas de trésor, mais bien un assassin »). Stéphanie était intervenue à son tour (« Chez nous, discrétion de rigueur. Mais je pourrais vous raconter que… ») et elle s'était interrompue sur un coup de coude de Dédée.

- Et moi, on m'oublie, avait lancé Madame Morand en riant. Moi, ancien gendarme attaché à l'armée d'Indochine !

- Vous pourriez en raconter, vous aussi !

- Oh, vous savez…

Quand un gendarme rencontre un autre gendarme,
Qu'est-ce qui les charme ?
Des histoires de gendarmes.

- Germaine adore chanter, fit Morand comme pour s'excuser. Elle connaît toutes les chansons de jadis, celles qu'on entendait encore juste après la guerre.

- Mais qu'elle chante, qu'elle chante, fit Dédée sur un drôle de ton.

Non, elle n'était pas jalouse de Germaine Morand, une femme de son âge, sobrement vêtue, mince et même svelte, le visage un peu allongé, la chevelure abondante bien que grisonnante. Non, Dédée n'était pas jalouse, mais…

- À table, mes amis. À table !

Pendant et après le hors-d'œuvre, on parla de tout, un peu.

- Avez-vous vu le dernier film à succès : "La tour infernale" ?

- Oui, très bien, mais invraisemblable. Un gratte-ciel ne se détruit pas ainsi. Qu'en dis-tu, Hervé ?

- Dans nos conférences d'état-major, répondit l'interpellé, nous envisageons la possibilité qu'un avion, piloté par un kamikaze, s'écrase sur un de nos porte-avions. Ou sur un gratte-ciel, pourquoi pas.

Éclat de rire général.

- Mais ils rêvent, vos états-majors ! Ça, c'est bien français !

Et l'on parla d'autre chose, notamment de l'affaire du fakir assassiné.

- Eh oui, fit Germaine Morand, les fakirs meurent aussi.

- Oh non, madame, fit Paul presque suppliant. Pas vous ! Pas vous !

- Je ne comprends pas votre objection, remarqua Romain de Havré. Les fakirs sont des gens comme vous et moi. Tiens, à ce propos, il y a quelques jours, un ami, le commandant Chavari, me parlait de son frère, président d'une société culturelle de Cannes et…

- Chavari ! interrompit Stéphanie. Anatole Chavari ! Précisément, c'est lui qui présidait cette séance au cours de laquelle le fakir Rochaigues a été empoisonné.

Et se tournant vers son ami :

- Voyons, Romain, pourquoi ne m'en as-tu pas parlé ?

- Je ne pensais pas que cela avait de l'importance.

- Et qu'a-t-il dit, ton commandant ?

- Que son frère est membre de l'Opus Dei.

- Quoi, fit Paul. Cet imbécile ?

- Oui, et le commandant Chavari n'aimait pas ça du tout. Son frère, dans une secte !...

- D'aucuns affirment que l'Opus Dei n'est pas une secte.

- Écoutez, mes amis, fit alors le commissaire Morand, secte ou pas secte, il faudra tenir compte de cette donnée dans une enquête que Paul et moi menons chacun de notre côté. Je crois qu'il est temps maintenant que lui et moi échangions nos données, nos renseignements. Si vous le permettez, nous nous retirerons dès après le dessert. En attendant, notre lieutenant de vaisseau pourrait nous raconter de passionnantes histoires de bateaux. N'est-ce pas Germaine ?

Germaine Morand crut qu'on lui demandait de faire diversion, et elle fonça :

Au fil de l'eau, point de serment,
Ce n'est que sur terre qu'on ment.

« Elle a quand même une très belle voix » songeait Dédée tandis qu'on applaudissait gentiment..

Prenant la chanson pour une invitation, le lieutenant de vaisseau fonça :

- Vous avez connu le porte-avions “Richelieu”. Il a survécu à bien des désastres. Mais un jour...

Et cela continua de la sorte car rien ne ressemble plus à un dîner d'amis qu'un autre dîner d'amis. Germaine essaya bien de pousser un « *Ma Tonkiki, ma Tonkiki, ma Tonkinoise* », mais son mari lui adressa un petit signe discret avant de suivre Paul dans le bureau.

Comme celui-ci achevait de résumer ses démarches et ses enquêtes, Morand crut bon de faire de l'ironie :

- Somme toute, en bon Belge, vous avez appliqué les théories du commissaire Maigret, l'enfant chéri de votre cher compatriote Georges Simenon.

- Comment cela ?

- Parce que vous avez regardé, écouté, fait parler, en essayant de sentir, de comprendre, de renifler les odeurs, de percer les silences...

- Moi ?

- Oui, vous, d'après ce que vous venez de raconter. Telles n'étaient pas vos méthodes quand vous étiez encore en activité. Comme nous tous, vous recherchiez alors les preuves matérielles, les indices probants. Et si possible les aveux.

- Mais ici personne n'a avoué ! Et il n'y a pas de preuves ! Il n'y a aucun indice ! Sauf peut-être ceci...

Paul sortit d'un tiroir deux sachets marqués "Molécule" et "Marabout".

- Les balles qui ont tué les deux gentils animaux dont je vous parlais. Et la cartouche qui fut fatale au chat. Pris isolément, ces petits objets ne signifient rien. Ensemble, ils forment un indice que je prends très au sérieux. Je vous les confie pour que vous les soumettiez à vos experts en balistique.

Morand eut un geste dubitatif puis empocha les sachets. Paul jugea bon de contre-attaquer :

- Vous reconnaîtrez que votre police n'a pas été très brillante dans les débuts de l'affaire. Elle ne croyait même pas au meurtre. Et à ma connaissance, la nomination d'un juge d'instruction n'a guère fait avancer les choses. Qui est ce juge ?

- Monsieur Lamere-Poulart, un Normand.

- Un Normand ! Ah oui, méthode : P't-êt' ben qu'oui, p't-êt' ben qu'non... C'est connu.

- Allons, Paul, cessons ces escarmouches et déclarons « quinze partout ». D'accord? Juge ou pas juge, nous ne sommes pas restés inactifs, de notre côté. Ainsi, nous savons...

Morand fut interrompu par une chanson qui passait par la porte entrouverte :

Femmes, que vous êtes jolies
Quand vous avez seize printemps...

- Ah non ! Je connais la ritournelle par cœur. D'abord la jeune fille, puis la femme mariée, puis la maman, puis l'infirmière penchée sur le lit d'un blessé de la guerre 14-18. Toutes si jolies !... Germaine !

- Mais non, laissez-la chanter. Je vais fermer la porte. Vous disiez que vous savez?

- Oui, nous savons ce qu'est devenu le Franco-tunisien Ali, le petit ami du défunt Rochaigues. Devinez?

- Je ne vois pas.

- En retraite chez des Belgo-tibétains, au sud de Castellane.

- Dans le Verdon?

- Non, dans le Jabron.

- Jabron? Jabron? Mais je viens de découvrir ce nom, sur la couverture d'un livre écrit par l'un de nos suspects, le Belge Alfred Demunter.

- Celui-là n'a rien à voir avec les Belgo-tibétains, lesquels forment, sinon une secte, un ashram, un centre de méditation appelé... appelé... voilà, j'ai le nom ici sur un papier, attendez : Ogyen Kunzang Choling ; OKC, dit-on en abrégé.

- Ce qui veut dire?

- Je n'en sais rien. Ce groupement a été fondé par le lama... attendez que je lise..., le lama Gunzang Gorje, de son vrai nom Jan Weinaert.

- Jan Weinaert ! Mais c'est l'un de nos suspects ! Notre John Wayne, comme nous disons. Un Allemand ou un Américain, on ne sait au juste.

- Pas du tout, un Belge. Un Flamand, plus précisément. Très riche, dit-on. Et très influent. Oui, Paul, vos compatriotes sont vraiment actifs dans le Jabron ! Plutôt étrange, ne trouvez-vous pas ? Ne serait-il pas temps qu'à votre tour vous alliez vous montrer là-bas ?

- D'où tenez-vous ces renseignements ? Le Var n'est pas de votre ressort.

- Il ne s'agit pas du Var, mais bien des Alpes de Haute-Provence. Il se fait que j'ai de bons amis à la PJ de Digne-les-Bains.

- C'est donc dans un centre de piété que se serait réfugié cet Ali ? Cela ne m'étonne pas trop, la mort de son « ami » l'avait vraiment prostré, abattu, nous en avons tous été témoins sur la scène, ce soir-là. Avez-vous perquisitionné chez Rochaigues, au Petit-Juas ?

- Évidemment, mais ça n'a rien donné. Son studio est maintenant sous scellés.

- Et celui du Tunisien, voisin de celui de Rochaigues ?

- N'est pas sous scellés, puisqu'il n'y a aucune charge contre cet homme.

- Bien, j'essaierai de m'y glisser.

- Bonne idée. Eh oui, vous, les privés, vous avez des possibilités qui nous sont refusées, à nous, serviteurs de l'État…

Quand ils revinrent dans le living, ils trouvèrent Germaine dirigeant un chœur en l'honneur du jeune ami de Stéphanie :

La mer,
Qu'on voit danser le long des golfes clairs,
A des reflets d'argent,
La mer…

* * * * *

Chapitre IX

Le lendemain matin, Paul fit le point avec Dédée :

- Notre ami Morand ne m'aura pas fait de bien grandes révélations, mais il nous incite à nous rendre à Castellane, ou, plus exactement, dans le Jabron, où nous retrouverons…

- … quelques-uns de mes dix "Petits Nègres", n'est-ce pas ? Combien en avons-nous interviewés à ce jour ?

- Cinq, comme tu sais : le machiniste Bourdon, le physicien Rocca, le mannequin Alice, le lycéen Bernard, le docteur Lesage. Cela ne nous a pas appris grand-chose, et Morand semblait nous le reprocher.

- Et lui, qu'a-t-il découvert ?

- Pas grand-chose, non plus. Sauf deux points importants, la retraite du Tunisien Ali et la vraie personnalité de notre John Wayne : le premier se cache dans une sorte d'ashram du Verdon-Jabron, ashram dirigé par le second, lequel, tiens-toi bien, est un Belge important qui se proclame lama !

- Ce qui nous projette inexorablement vers cette région où s'agite aussi le nommé Demunter. On y va ?

- Oui, chérie. Ce soir même, nous logerons dans le Verdon. Auparavant je voudrais contacter cet Anatole Chavari dont l'ami de Stéphanie nous a parlé presque accidentellement. Je vais charger celle-ci de le localiser.

- Très bien, cela fera trois "Petits Nègres" en plus, ou plutôt en moins, si je compte bien : l'honorable président

Anatole Chavari, le grand lama John Wayne et le curieux ingénieur Demunter. Mais, dis-moi, d'abord, quelle méchanceté le fakir écrivait-il à propos de cet Anatole ?

Paul passa au bureau et revint avec la liste qu'il avait intitulée "codages".

- Voici : "Charles A" : « Un bigot stupide qui se croit mandaté par Dieu pour imposer au monde ses élucubrations et ainsi démolir les gens qui se veulent rationnels. »

- Et malgré cela, ce brave Anatole a bien voulu organiser une séance toute à l'honneur de Rochaigues ? Je ne comprends pas.

- Moi non plus.

*

Stéphanie avait si bien fait jouer le téléphone qu'à midi Paul et Dédée se trouvaient installés à la terrasse du golf voisin, attendant Chavari, un vieil habitué de l'endroit, avait-on dit.

Le Old Course Cannes Mandelieu est certes le plus ancien des « 18 trous » de la région, avec son joli bâtiment de style very british. Les Gilson s'y étaient rendus à pied, longeant les terrains de practice puis le green où l'on voyait, de loin, aller et venir des messieurs entre deux âges, les uns traînant péniblement un lourd chariot allongé, d'autres brandissant soudainement leur driver ou leur niblick puis l'abattant brutalement sur une malheureuse balle qui n'en pouvait mais.

- Voilà notre homme, fit Paul.

Il désignait un petit gros habillé selon la mode golfique du moment et montant le petit escalier d'accès.

- Monsieur Chavari, quelle heureuse surprise ! Vous me reconnaissez ?

Chavari, un peu étonné, voulut bien sourire :

- Mais oui ! C'est vous qui aviez par deux fois soulevé et porté ce pauvre fakir si tragiquement décédé.

- Parfaitement, et voici ma femme. Mais asseyez-vous, et prenons un apéritif. Un kir, voulez-vous ? Mon nom est Paul Gilson.

- Je sais, et vous êtes détective privé.

Paul et Dédée se regardèrent quelque peu étonnés.

- Oui, tout se sait, ajouta Anatole avec son habituelle suffisance.

- Même réponse que le docteur, songeait Paul. Alors, allons-y !

Et tandis que Chavari s'asseyait et que l'on commandait les incontournables kirs, Paul se lança dans le petit résumé qui commençait à devenir habituel chez lui :

- Tous ceux qui étaient sur la scène ce soir-là sont des témoins. Et aussi des suspects, car l'un au moins est un criminel. Sa recherche est d'autant plus difficile qu'il y a eu par deux fois une jolie pagaille sur la scène, avant le drame, et puis après.

- Oui, monsieur, répondit Chavari, l'air un peu embarrassé. J'ai moi-même paniqué...

- Vous êtes tout à fait excusable. Mais ainsi, vous n'avez rien remarqué de spécial ?

- Aidez-nous, monsieur, nous recherchons le criminel, fit Dédée avec un beau sourire.

Chavari sembla réfléchir, puis, brusquement :

- Non, monsieur, madame, je n'ai rien remarqué de spécial et ainsi ne pourrais-je en rien vous aider... Cependant, je puis vous révéler une chose : c'est moi qui avais personnellement invité pour le spectacle plusieurs des personnes que vous avez vues sur la scène.

- Ah ? Pourquoi ?

- Parce que je voulais que ce Rochaigues soit publiquement et massivement contré après son exhibition. Car non seulement ce monsieur s'en prenait aux farceurs malhonnêtes et aux gourous malfaisants, mais il attaquait aussi les vrais croyants dans leur foi et dans leur culte.

- Vous saviez que dans son petit livre, il vous traite de bigot stupide qui…

- Je sais, je sais…

- On me dit que vous êtes membre de l'Opus Dei.

- Et ainsi membre d'une secte cléricale ! Allez-y, monsieur, allez-y !

- D'après le peu que je sais, votre mystérieux groupe vivrait replié sur lui-même, pratiquant le prosélytisme et l'isolement de ses membres, voire leur déstabilisation mentale. Il s'efforcerait aussi d'infiltrer les pouvoirs publics.

Anatole Chavari parut suffoquer, littéralement :

- Non, non et non, monsieur ! Tout cela est faux ! Notre mouvement est un centre d'apostolat laïque, et rien d'autre, je vous le jure ! Et dans ce but, il nous faut montrer l'exemple : travail, famille, patrie. Et foi, culte, piété, charité.

- C'est beau, très beau, fit Dédée. Mais alors, vous devez éprouver une certaine rancune contre ces gens qui, tel Dominique Rochaigues, combattent vos efforts au nom d'un rationalisme pur et dur.

- Oui, je leur en veux.

- Jusqu'à quel point ?

- Aussi loin que me le permet la charité chrétienne.

- Mais cette charité ne vous empêcherait pas de dénoncer un criminel, ou tout au moins de signaler un suspect.

- Pas du tout. Ainsi, par exemple, je n'accorderais aucune confiance à ce gamin qui vivait dans le péché avec feu Dominique.

- Vous voulez insinuer qu'il pourrait bien avoir participé au meurtre ?

- L'Église nous interdit les jugements téméraires et les soupçons injustes. Mais ce gamin est un pécheur, par la faute de ce fakir que Dieu a bien puni.

- Donc, vous ne pouvez en rien aider notre enquête ?

- Non, et je le regrette. Un conseil, toutefois : à votre place je me méfierais du nègre.

- On nous l'a déjà dit, fit Dédée sur un ton aigre-doux.

- Eh bien, tant mieux. Madame, monsieur, je dois m'excuser, mais ces personnes-là, à cette table, m'attendent pour le déjeuner. Je vous salue, madame, monsieur.

Et toujours satisfait de lui-même, Anatole Chavari se dirigea vers une table où un gentleman distingué élevait la voix :

- No, no and no ! J'étais à huit pouces du dix-huitième, je tenais parfaitement bien mon putter, et c'est ce maudit coup de vent qui…

- Mais oui, Douglas, mais oui…

- Je suggère, dit Paul, que contrairement à notre projet, nous ne déjeunions pas ici.

- D'accord, fit Dédée en se levant de table. La seule vue de ce tartufe bouffi me donnerait des haut-le-cœur.

*

- Stéphanie a fait merveille, une fois de plus, dit Paul à sa femme tandis qu'ils dépassaient Grasse et roulaient sur la route Napoléon.

- Comment cela ?

- Je te l'ai dit : en obtenant pour nous un rendez-vous avec le maire de Castellane, aujourd'hui même. Et pour la nuit, une chambre dans un superbe vieux château en voie de restauration, à Trigance, dans la vallée du Jabron.

- Qu'est-ce que ce Jabron ?

- Je te l'ai dit aussi, petite distraite : c'est une rivière qui forme une vaste courbe au sud de Castellane, coulant d'abord du nord-est au sud-ouest, puis du sud au nord, pour finir dans le Verdon, touristiquement célèbre par ses gorges. Chemin faisant, et avant de décrire ce grand coude, le Jabron reçoit des petits affluents qui vont du nord au sud, grosso modo, si bien qu'est ainsi délimité un vaste espace plus ou moins triangulaire qu'on appelle également Jabron. C'est d'ailleurs dans ce triangle que se sont illustrés nos compatriotes Weinaert et Demunter.

- Ah... C'est grand?

- Dix-douze kilomètres du nord au sud, en comptant à partir de Castellane. Tu peux regarder nos cartes IGN, si tu veux. Elles sont là, dans ta portière.

Dédée sortit les documents, les déploya maladroitement, en envoya un coin dans la figure du conducteur, les regarda à l'envers puis les laissa tomber et s'endormit. Ou plutôt fit semblant, un peu confuse de son ignorance et de sa maladresse en matière de cartographie.

*

- Chérie, Castellane, on est arrivé! On vient de franchir le pont sur le Verdon, et nous voilà Place du Marché. Tu vois? Admire donc ce haut rocher, avec au sommet, très haut, très haut, une Vierge, Notre-Dame du Roc. Magnifique, pas vrai?

Dédée sursauta et procéda d'urgence à une retouche de maquillage. Puis elle courut derrière son mari qui escaladait déjà le grand escalier de la mairie - ou plus exactement de l'Hôtel de Ville, ainsi que le proclamait le large fronton.

- Monsieur le maire vous attend, fit une dame huissier secrétaire.

Homme ouvert, très simple, un demi-sourire caché dans la barbe, le maire André Robion tendit la main aux visiteurs.

- Vous êtes donc monsieur Gilomme, détective privé?

- Gilson, monsieur le maire. Paul Gilson, ancien directeur général de la police judiciaire belge. Et voici ma femme, française et ancienne résistante. Détective privée, elle aussi, et directrice de notre agence Matari.

Non, ce n'était pas dans les habitudes de Paul d'étaler ainsi ses titres passés ou actuels. Mais ici il trouvait préférable de le faire, vu la personnalité politique de son interlocuteur. Là-dessus, il reprit en résumé l'exposé de l'enquête qu'il menait actuellement, ajoutant :

- Et ainsi, monsieur le maire, me voici maintenant sur la piste d'une secte nichée sur le territoire de votre commune.

Le maire prit un air vraiment malheureux :

- Une secte, monsieur ! Deux, voulez-vous dire ! Trois peut-être ! Des tuiles, vous dis-je, des tuiles qui me sont tombées dessus, l'une après l'autre. Vraiment, notre petite ville ne méritait pas cela !

- Trois sectes, dites-vous, monsieur le maire ?

- Disons deux au moins, dont une, la plus ancienne, est connue dans toute la France : le Mandarom. Elle vous intéresse ?

- N... non. Enfin, je veux dire, pas pour le moment.

- C'est dommage, cela vous aurait passionné. Imaginez, là-haut, sur un plateau, une sorte de Disneyland, avec des statues et des constructions délirantes, jaunes, roses, bleues, rouges. Et derrière tout cela, le Seigneur Hamsah Manarah, bardé d'étoles, de tiares et de dorures. De son vrai nom Georges Bourdin, instituteur. Il se dit messie cosmo-planétaire et déclare avoir anéanti des millions de démons. Pour chasser les mauvais esprits, les Lémuriens et les Atlantes, comme il les appelle, il organise certains soirs des battues dans une pétarade de coups de pistolet et de fusil. Alors, c'est moi, ici, qui reçois les réclamations des voisins !

- Il a donc des disciples ?

- Sur place, une quarantaine d'hommes.

- Il y a aussi des femmes ? demanda Dédée.

- Bien entendu, il y a aussi des femmes. De nuit et à tour de rôle, le messie Hamsah leur administre... euh... excusez-moi madame...

- Il leur administre un sacrement ?

- Oui… euh… Celui que vous devinez… Excusez-moi…

Le maire eut un petit rire et sur ce, Paul reprit vivement la parole :

- C'est une secte dangereuse ?

- Nous ne savons pas. Et même alors, que pourrais-je faire ? Ma « force publique » à moi, elle se réduit à un seul garde champêtre !

- Parlons maintenant de l'autre secte, si vous voulez bien.

- Celle dite OKC, celle des bouddhistes ? Eh bien, là, monsieur le divisionnaire, je ne puis pas en dire grand-chose pour le moment. Je crois savoir que des enquêtes sont ouvertes çà et là, dans la discrétion la plus totale. Mais à ce jour, il n'y a rien à reprocher à ces gens. À ma connaissance.

- Alors, je pourrai m'y rendre en toute liberté ?

- Oui, si vous y arrivez. Vous trouverez sur les cartes IGN des indications précises : le lieu, "Château de Soleils" (avec "s" à "Soleils"), et les abords, des chemins forestiers, très praticables. Mais attention, si vous tombez sur quelqu'un de l'OKC, ne lui demandez pas la route, il vous enverra au fin fond des forêts !

- Le nom de Jan Weinaert, cela vous dit quelque chose ?

- Non… Je ne vois pas…

- Et celui d'Ali Ben Habib ?

- Non, je regrette.

- Dites-moi, monsieur le maire. Vous parliez d'une troisième secte dans le même coin. De quoi s'agit-il ?

- Ce n'est pas une secte, à proprement parler, mais plutôt un centre d'ésotérisme, dont le cœur, pas loin de l'OKC, est le Château de Valcros, le Val de Croix, comme on dit aussi.

Paul sursauta :

- Val de Croix… Val de Croix…

- Cela vous dit quelque chose ? demanda à son tour le maire, un peu étonné.

- Mais oui ! L'infortuné fakir avait reçu une lettre de menaces : « Méfiez-vous du Val de Croix ». De la même écriture que l'une des questions qu'on lui avait posées au théâtre lors du show fatal. Maintenant, je comprends ! Dites-moi, monsieur le maire, votre centre ou votre secte, c'est bien là que sévit un ingénieur belge, Alfred Demunter ?

- Oui. Vous le connaissez ?

- C'est l'un de nos suspects.

- On le voit souvent, très souvent, ici, dans la région. Peut-être le rencontrerez-vous au château de Trigance.

- Cela nous fera donc trois châteaux, remarqua Dédée, Soleils, Val de Croix et Trigance ?

- Exact, madame. Mais seul le troisième vous ouvrira généreusement ses portes !

Paul se leva, suivi par sa femme.

- Monsieur le maire, serait-ce donc chez vous, à Castellane, que je verrai mon enquête quelque peu progresser ? Vraiment, je ne sais comment vous remercier pour tous ces renseignements, et plus encore pour votre si grande amabilité.

- Voyons, voyons, monsieur le... le grand divisionnaire, c'est la moindre des choses. Allez, mais, ajouterai-je, méfiez-vous du Val de Croix.

Paul et Dédée ne surent jamais si oui ou non leur interlocuteur avait voulu plaisanter...

*

Ainsi que le maire l'avait dit, ou plutôt supposé, Alfred Demunter logeait effectivement au château de Trigance.

L'hôtelier s'était spontanément chargé des présentations après le dîner, présentations bien inutiles, au demeurant :

- Je vous reconnais, monsieur, vous étiez sur la scène en même temps que moi, le soir où Dominique Rochaigues est mort empoisonné. Vous êtes belge vous aussi, n'est-ce pas? Et policier?

- Disons plutôt policier retraité.

Maintenant, dans la semi-obscurité d'une belle soirée de juin, Paul, Dédée et l'ingénieur prenaient un cocktail à la terrasse, contemplant le vaste et superbe paysage qui s'étalait devant eux :

- La vue s'étend vraiment jusqu'à l'infini, fit Dédée pleine d'admiration.

- Oui, madame, répondit Demunter. Jusqu'à l'infini dans l'espace, peut-être, mais dans l'infinitude des temps, sûrement. Car ce Jabron est le cœur de l'histoire du monde... Sans doute avez-vous lu mon livre?

Paul et sa femme se regardèrent un peu gênés :

- Malheureusement, nous n'avons pu que le parcourir. Nous dirigeons une agence de détectives privés, et ainsi le temps nous a-t-il manqué pour lire en détail votre ouvrage, dont tout le monde nous a chanté les louanges.

« Là, il en remet, mon cher Paul ! » pensa Dédée.

Elle songeait, en regardant dubitativement leur interlocuteur : « Drôle de petit bonhomme. Au premier aspect, le genre distingué d'un ingénieur-conseil. Puis, tout à coup, un regard fixe, convaincu, illuminé. Et un ton de voix qui se veut affirmatif, péremptoire. Mais toujours courtois, le petit bonhomme... »

- Eh bien, fit celui-ci, je puis vous résumer mon livre et mes quinze années de recherches en une seule phrase : « Le secret des Templiers et donc celui du Saint Graal se cachent ici, dans le Verdon. »

- Il s'agirait du trésor des Templiers?

- Si vous voulez. Mais il n'est nullement question ici d'un trésor monétaire. Non, le vrai trésor templier, c'est la connaissance initiatique d'un immense secret.

- Ah? Et lequel?

- Le secret de l'origine de Dieu et des Hommes. Terrible secret dont vous trouvez des traces dans la Grande Pyramide, dans les récits bibliques, dans les cercles de Stonehenge, dans le temple de Delphes, dans les traditions celtiques puis cathares puis franc-maçonnes.

- Et vous avez déchiffré ce secret ? demanda Dédée.

- Presque, madame, presque. Car le lieu où vous êtes, ici, ce Jabron, c'est l'Île des Veilleurs, des Veilleurs du Verdon. Ce nom, vous le trouverez d'ailleurs sur la carte IGN 3442-Est. Vers le Nord, en bordure de la Clue de Chasteuil, sur le Verdon. Les Veilleurs furent les Gardiens, les Gardiens du Secret, et ce depuis l'origine des temps. D'aucuns les appellent les « Supérieurs Inconnus » ou les « Grands Initiés ». Ce sont eux qui créèrent, notamment, l'Ordre du Temple, dont il n'existe plus aujourd'hui que de misérables traces.

Paul et Dédée se regardaient, sidérés mais surtout sceptiques.

- Je vois que vous ne me croyez pas, continua l'ingénieur. Quelles preuves pourrais-je donc vous donner ? Vous voyez, là, ce curieux rocher ? Quelle est sa forme ?

- ???

- C'est un chameau. D'accord ?

- Euh… Oui…

- Un très beau chameau, compléta Dédée par politesse.

- Chameau, en anglais camel, en celtique camelaot. Vous avez là, devant vous, la forteresse de Camelaot, le château bien connu du Roi Arthur.

- Bien connu, bien connu…

- Bien connu parce que la légende a transporté ce château en Écosse ou en Bretagne. Mais attention, la Bretagne, c'est ici, si j'ose dire. Ne souriez pas, madame.

Demunter prit Dédée par le bras et l'entraîna à l'autre extrémité de la terrasse.

- Devant vous, là, c'est la « Colle de Breis », donc la colline de Breizh, de Bretagne. Allez-y : prenez la route de Castellane puis descendez vers le Pont de Sautet. Vous découvrez alors, au flanc de la colline, un curieux rocher, parfaitement circulaire. C'est la Table Ronde des Chevaliers du Roi Arthur. En Breizh-Bretagne ! Mais oui ! Tout, absolument tout est originaire de ce Jabron. Mais les conteurs, tel Chrétien de Troyes, ont transposé les vocables vers les pays jadis celtiques.

- Pourquoi cela ?

- Pour la défense du secret.

La nuit tombait, et Paul restait plutôt coi, se demandant comment il allait passer à l'essentiel, c'est-à-dire son enquête. Il n'eut pas l'occasion d'ouvrir la bouche à ce sujet, car Demunter se mit soudain à balbutier des excuses : il avait du travail, devait se retirer, etc.

- Nous nous reverrons demain, si vous voulez.

- Tiens, fit soudain Paul, regardez là-bas, à l'horizon, cette petite lumière.

- Je sais, je sais, c'est courant ici. Je ne vous ai pas encore dit que le sous-sol de l'Île des Veilleurs abrite un lac souterrain de dix hectares, lac dont l'eau « primordiale », à l'origine de la vie, est une source de très haute énergie appelée « magnéto-hydro-dynamique ».

- Ah, et alors ?

- Cette lueur, qui va et qui vient, c'est celle d'un OVNI qui veut se ravitailler en carburant. Je vous souhaite bien le bonsoir, madame et monsieur.

*

Ils roulaient maintenant, suivant la petite deux-chevaux de Demunter.

- Quels superbes paysages, répétait Dédée. Des rochers, des vallées…

- Non pas des, mais une vallée, celle du Jabron, que nous suivons maintenant.

Avant le départ, l'ingénieur s'était volontiers offert comme guide :

- Tout de suite après le moulin de Soleils et le pont de Soleils, leur avait-il dit, vous trouverez à votre droite une petite route. Elle vous amènera au château Valcros, puis, si vous voulez, au château de Soleils.

En conduisant, Paul parlait, plus pour lui-même que pour sa femme :

- À la police, nous avions un adage : ce qui semble coïncider ne coïncide pas nécessairement. Adage totalement ignoré par notre ingénieur. De plus en plus je vois mal ce visionnaire en vouloir à mort à un banal fakir de music-hall, même doublé d'un croisé de la bonne cause du rationalisme agressif et militant.

- Mais, chez le maire, nous avons découvert que c'est Demunter qui a envoyé au fakir l'une des lettres de menaces. Pourquoi cela ?

- Nous allons le lui demander, aussitôt que possible.

Justement, l'ingénieur arrêtait sa voiture, mettait pied à terre et faisait signe de se ranger.

- Suivez-moi, madame et monsieur.

Ils s'engagèrent dans un sentier et débouchèrent ainsi dans une clairière où flottaient trois souples étendards aux couleurs très vives.

- Regardez. Nous sommes presque aux portes du domaine de la secte tibétaine. Vous voyez là, leurs bannières de prière.

- C'est-à-dire ?

- Si pour une cause quelconque les fidèles ne peuvent pas réciter les prières, c'est le vent qui s'en chargera en agitant ces fanions rituels.

- Que c'est beau ! s'exclama Dédée. Dites-moi, monsieur Demunter, quel rapport y a-t-il entre ces oriflammes tibétaines et les secrets du Verdon ?

- Aucun, madame, aucun.

- Ah ! Je croyais qu'ils vous protégeaient des maléfices du Valcros.

- Madame, voyons ! Il n'existe aucun maléfice du Valcros.

- Alors, fit Paul d'un ton presque sec, pourquoi avez-vous envoyé une lettre de menaces au fakir Rochaigues ? De menaces ou d'avertissement, comme vous voulez. Texte : « Méfiez-vous du Val de Croix ».

Demunter sembla réfléchir, regarda le détective de travers, puis grommela :

- Simple plaisanterie. Le Valcros n'a rien de dangereux.

- Soyez plus explicite, monsieur l'ingénieur. Dans le petit pamphlet qu'il a écrit peu avant sa mort, Rochaigues vous traite de fou dangereux et vous accuse d'exploiter la crédulité publique à grand renfort d'affabulations ésotériques. Vous le saviez ?

- Oui… Et je n'ai fait que lui adresser une réponse du berger à la bergère.

- Alors, pourquoi avez-vous assisté à son exhibition au théâtre Alexandre III ?

- Parce que monsieur le président Chavari m'en avait prié.

- Pour porter des attaques verbales sérieuses contre Rochaigues ?

- C'est cela.

- Bien. Vous l'avez peut-être deviné, je suis chargé d'une enquête, et ce par le père de la victime. Alors, je cherche. Vous devez comprendre que vous-même, tout comme les autres personnes présentes ce soir-là sur la scène, vous êtes suspect. Tous vous haïssiez Rochaigues pour la méchanceté qu'il déployait dans ses attaques. Donc, par la force des choses, l'empoisonneur ne peut être que l'un d'entre vous.

L'ingénieur bondit d'indignation :

- Nous le détestions certes, mais ce n'était pas là une raison pour liquider ce très bizarre personnage. Je suis un scientifique, monsieur, un chercheur connu et reconnu. Je n'ai que faire de vos insinuations aussi fausses que méprisables.

- Mais je n'insinue rien ! Je m'informe, c'est tout.

- De la pure information, compléta Dédée avec son plus beau sourire.

Demunter parut se calmer.

- Bon. Remontons en voiture, mais je ne crois pas que la suite apportera grand-chose à votre enquête. Le Valcros, c'est là-bas, au bout de ce chemin.

En effet, à moins d'un kilomètre apparut un petit château plat et tout simple, encadré de deux tours d'angle et perché sur une légère élévation.

- Entrons, fit l'ingénieur. La propriétaire est absente, mais j'ai les clés. Regardez.

L'intérieur du château paraissait plutôt vieillot, sans style, mais un vaste tableau peint dominait le grand salon. Y figurait, assis, l'air inspiré, un vieillard barbu revêtu d'habits sacerdotaux et entouré de lumières.

- Regardez, répéta Demunter tout rayonnant. Voilà la clé de toute l'énigme du Jabron. Et même de l'énigme des Templiers.

- C'est Saint Augustin ? demanda Paul.

- Non, monsieur. C'est Célestius, hérétique pélagien.

- Pourtant, dit Paul, je crois me souvenir d'un tableau représentant Saint Augustin. Dans le vôtre, là, figurent tous les attributs classiques du grand saint.

L'ingénieur manifesta à nouveau un certain agacement.

- Je vous dis et je vous répète que c'est Célestius, et pas Augustin !

- Voyons, messieurs, fit Dédée conciliante, vous n'allez pas vous disputer à propos de l'identité d'un saint en peinture. Moi, je ne connais que Saint Nicolas. Et là, au mur, ce n'est certainement pas lui !

- Madame, je vous en prie, ne plaisantez pas, fit Demunter sur un ton fâché. Écoutez-moi, monsieur, madame. Vous voulez aller chez les Tibétains, dans la forêt. Eh bien, ce tableau vous donne le chemin précis pour y arriver. C'est une carte, très exacte, du Jabron. Regardez-la bien.

C'est avec un scepticisme croissant que Paul et Dédée examinèrent en tous sens le tableau.

- Non, monsieur Demunter, je regrette, mais je ne vois rien de géographique dans cette composition picturale.

- Moi non plus, ajouta Dédée.

- Sachez que c'est au pied de ce tableau que nous avons un jour trouvé un enfant en pleurs. Il s'était échappé du centre OKC. « Priez pour moi, disait-il à Célestius. Je ne veux plus retourner là-bas ». En poche, il avait une copie de ce tableau, une page arrachée à mon livre; c'est elle qui l'avait guidé.

- Et qu'a-t-on fait du gosse?

- Remis à la gendarmerie. Vous voulez enquêter? Bon. Moi, je vous ai cité un fait et je vous conseille d'en tenir compte. Mais revenons au tableau. Regardez bien, il est crypté : cent inscriptions y figurent cachées... Je les ai lues et déchiffrées, moi, monsieur.

Paul et Dédée se regardaient, navrés.

- Cher monsieur, il faudra nous excuser, mais nous avons encore à faire dans cette région. Je suppose que nous trouverons une foule de renseignements dans votre livre.

L'ingénieur parut, une fois de plus, dépité, et même irrité.

- Je vois que je perds mon temps. Continuez ainsi, passez donc à côté des vérités secrètes, vous verrez où cela vous conduira. Et vous vous prétendez enquêteurs !

Il salua sèchement et abandonna ses interlocuteurs sur la terrasse du château.

- En fait, fit Paul après être remonté en voiture, nous n'en avons rien tiré. Est-ce que, par hasard, je vieillirais ?

- Oh non, chéri ! Ce n'est pas de ta faute, pas du tout. Mais effectivement, nous voilà avec un autre "Petit Nègre" qui nous échappe, sans le moindre progrès pour l'enquête.

- Peut-être, peut-être. Cependant, mon intuition me souffle que cet hurluberlu n'est pour rien dans notre affaire. Je te le disais tout à l'heure.

- L'intuition du commissaire Maigret ? lança Dédée avec ironie.

- Ou la prétention du détective Hercule Poirot. Tu as le choix, chérie.

Et il remit la voiture en marche.

- Demi-tour, et en avant vers le mystérieux OKC.

En plein bois, ils tombèrent sur une pancarte délabrée prévenant le visiteur : "Propriété privée. Prière de respecter le silence".

- On s'en fout. Et on fonce, fit Paul en riant. Le maire nous a prévenus : si nous demandons le chemin on nous enverra au diable. Alors, en avant, droit sur Bouddha !

Après une ou deux centaines de mètres, ils ne tombèrent point sur Bouddha, non, mais, plus modestement, sur un monument typiquement bouddhiste, un stoupa : une petite tour carrée, massive, avec un chapiteau pointu et une enceinte circulaire basse, en maçonnerie. Sur chaque côté de la tour, une paire d'yeux.

Comme ils descendaient de voiture, une voix, derrière eux, les fit sursauter.

- Dites donc là, vous autres, il faut du respect pour Bouddha, savez-vous !

- Un Belge, se dit Paul, et même un Liégeois.

- Bouddha, il vous regarde, là, avec ses quatre-z-yeux.

L'intervenant était un homme tout simple, en tenue de travail agricole. Et abondamment chevelu.

- Qu'est-ce que vous voulez donc là, vous deux ? On n'entre pas ainsi comme ça chez les gens, savez-vous !

Paul s'amusait de l'accent chantant du personnage.

- Nous voudrions parler au chef de votre communauté, Jan Weinaert.

- Vous voulez dire le vénérable lama Kunzang Cho-Kyi Dorje ?

- Sans doute. Je croyais avoir entendu un autre nom.

- C'est bien possip', savez-vous. Il en a, lui, des noms et encore des noms. Hou là là ! Mais il n'est pas ici aujourd'hui, notre lama. Vous auriez voulu lui parler, paraît ?

- Oui. Où est-il ?

- À Bruxelles, dans le Temple du Milieu.

- Du milieu de quoi ?

- Ben… Du milieu du monde, n'est-ce pas. Tout le monde sait ça.

- Il a un remplaçant ?

- Oui, le lama Frédérik Vandenmolkot.

- On peut le voir ?

- Mais bien sûr, n'est-ce pas. C'est par là.

L'homme montrait la vaste clairière qui s'étendait derrière le stoupa. Des petits bâtiments, çà et là, des fermes sans doute, des étables, des granges, mais pas de château. Un tracteur roulait sur une route étroite, devant les constructions. Et un jeune cycliste s'efforçait de le dépasser. Paul et Dédée entreprirent de contourner le stoupa.

- Non-on ! fit la voix angoissée du bonhomme chevelu. Pas dans ce sens-là ! Ça porte malheur. Vous devez tourner autrement. Faites demi-tour, s'il vous plaît.

Les visiteurs s'exécutèrent gentiment, tandis que Paul demandait :

- Vous êtes liégeois, n'est-ce pas ?

- Oui monsieur. Je m'appelle Armand Mardaga. Et je suis d'Outre-Meuse, encore bien, paroisse Saint-Nicolas.

- Comme Georges Simenon ?

- Qui est-ce que c'est, çui-là ? Ah, voici notre lama.

Un homme en salopette, grand, vigoureux, aux traits énergiques s'avançait vers les arrivants.

- Comment êtes-vous entrés ici? fit-il d'un ton très peu amène.

- Mais par l'entrée, comme monsieur le maire nous l'avait conseillé.

- Ah, vous avez vu le maire? fit le lama d'un ton nettement radouci. Et que voulez-vous?

- Parler à l'un de vos pensionnaires, monsieur Ali Ben Habib.

- Notre Arabe? Pour le moment, il est en prières.

- Où cela?

- Dans notre gompa.

- On peut le déranger?

- Ce ne serait pas très gentil. Ali - qui se nomme aujourd'hui Gehun - est arrivé ici en proie à une profonde dépression. Nous l'avons mis sur le Chemin de l'Éveil, lentement, très lentement. C'est son karma, ne le perturbons pas.

Dédée entra brusquement dans le jeu :

- Monsieur le lama, nous voulons aider Ali dans sa recherche de l'éternité. Et lui, il peut nous aider dans notre recherche de la vérité et de la justice.

- Quelle est votre vérité?

Paul jugea qu'il était temps de mettre fin à la petite comédie :

- Monsieur Vandenmolkot, je suis belge, comme vous. Policier retraité, j'ai été chargé d'identifier, autant que possible, l'assassin d'un homme qui fut le grand ami de votre Ali. Le père de la victime a préféré s'adresser à moi plutôt qu'à la police officielle. Si donc vous ne m'aidez pas maintenant, vous pouvez être certain de voir cette police arriver ici. Ou bien la gendarmerie.

Aux mots de police et de gendarmerie, le lama s'était visiblement rembruni.

- Bon, fit-il à contrecœur et après un temps. Venez avec moi.

- Parfait. Nous vous suivons.

- Tiens, fit Dédée, je vois un petit terrain de jeux qui ferait la joie de bien des gosses : balançoire, toboggan, tourniquet, trampoline. Vous avez des enfants, ici ?

- Une trentaine.

- Quel âge ?

- De deux à douze ans. Et de diverses nationalités.

- Ils sont heureux ?

- Bien évidemment !

- Ils ne cherchent pas à s'en aller ?

- Mais non ! Pourquoi le feraient-ils ? Ils ont tout !

- Vous avez une école ?

- Ces enfants reçoivent une instruction en famille. Sous contrôle de l'Éducation nationale. Ils sont vaccinés et régulièrement visités par un médecin.

En parlant, le Belge s'était un peu excité, comme s'il voulait plaider une cause.

- Nous sommes arrivés, fit-il.

Il montrait une bizarre construction qui tenait à la fois de la maison provençale, par sa belle maçonnerie, et du temple indien, par des ajouts en carton-pâte.

- C'est le château de Soleils ? demanda Dédée.

- Non, madame, le gompa. Je vais chercher Gehun. Enfin, Ali, si vous voulez. Nous bavarderons dehors, il fait si beau dans le bon air de la forêt.

Paul ne reconnut qu'avec peine le brillant jeune homme qu'il avait vu sur la scène du théâtre Alexandre III. Traits tirés, gestes las, regard hésitant, tenue négligée. Le gentil petit genre homo avait presque complètement disparu.

- Je vous reconnais, fit Ali. Vous étiez "là", n'est-ce pas ?

- Venez, Ali, nous bavarderons sous les arbres. Monsieur Vandenmolkot, voulez-vous faire visiter vos installations à ma femme ?

Dédée eut un petit geste de dépit puis tourna le dos.

- Voici un banc, Ali, asseyons-nous. Et répondez-moi franchement. D'accord ?

- Vous êtes un flic ?

- Un détective, un policier privé, pas plus. Ali, dites-moi tout ce que vous savez, tout ce que vous avez vu. Selon vous, qui a empoisonné Dominique ?

Ali se redressa brutalement et lança :

- Mais ce maudit lycéen, le nommé Bernard. Vous ne l'aviez pas deviné ?

- Non. Et pourquoi lui ?

- Rage, jalousie, envie, je ne sais pas. Dominique me préférait à lui, voilà tout.

- Pourtant, Bernard m'avait fait l'effet d'un garçon sensible, ouvert, intelligent.

- Ne vous y fiez pas. C'est un brutal, un sournois. Certains jours, il se promène avec un pistolet en poche. « Un souvenir de guerre de mon père » disait-il.

Paul dut faire appel à toute sa maîtrise de soi pour ne rien laisser paraître. Pistolet, pistolet, ruminait-il intérieurement. Enfin, un indice sérieux ! Puis, à haute voix :

- Comment Bernard s'y serait-il pris pour empoisonner le verre de votre ami. Où aurait-il trouvé le poison ?

- Le poison ? Mais chez lui ! Sa mère se drogue avec des tas de médicaments, de la morphine, de la strychnine, que sais-je. Et pendant que tous vous écoutiez Dominique faire son boniment, ce maudit Bernard a versé le poison dans le verre d'eau du Gange. Derrière votre dos !

- Et pourquoi n'avez-vous rien dit à la police ?

- Moi ? J'étais effondré, foutu, vous l'avez bien vu.

- Et ensuite ?

- Jan Weinaert, celui qu'ils appellent le lama Kunzang-je-ne-sais-quoi, ce brave homme m'a introduit ici. Je vous jure que j'y finirai mes jours, priant Bouddha qu'il m'accorde une meilleure vie dans le futur. Ici-bas.

- Vous avez donc abandonné votre studio ?

- Je n'y retournerai jamais ! Trop de souvenirs de Dominique... Et maintenant, monsieur, laissez-moi regagner le temple. Il n'y a que là que je sois heureux.

Ali serra mollement la main du détective et s'en alla, les épaules basses, juste comme Dédée se dirigeait vers le stoupa, au bras du lama belge.

- Cher compatriote, je vous rends votre femme. J'espère que vous avez recueilli tous les renseignements que vous désiriez. Je vous souhaite un bon retour.

Sur la route, les époux Gilson échangeaient leurs impressions.

- C'est le jeune Bernard qui a tué le chat et le chien. Pourquoi ? C'est ce qu'il nous reste à découvrir. Mais je ne crois pas qu'il ait liquidé Dominique, quoi qu'en dise Ali.

- Le flair ? Ou l'intuition de messieurs Maigret et Poirot ?

- Dédée, cesse de plaisanter à ce sujet. Si Bernard n'a rien pu faire d'autre que d'abattre deux bêtes, dans un esprit de vengeance sans doute, c'est qu'il n'aurait pas osé s'en prendre à un être humain. Bon, et toi, tes impressions ?

- Malsaines, mauvaises. Au cours de la visite, le soi-disant lama et moi nous sommes arrêtés accidentellement devant une porte ouverte qu'il s'est empressé de refermer. Mais j'avais eu le temps d'apercevoir une sorte de caveau ou de cachot. « Un centre de méditation » m'a dit cet hypocrite.

- Si l'OKC est une secte, ce que tu as vu ne m'étonne nullement.

- Écoute, Paul. Intuition pour intuition, crois-moi, ça tournera mal ici. Très mal.

* * * * *

Chapitre X

Rentrés quelque peu tardivement, Paul et Dédée avaient décidé de s'offrir une grasse matinée. Mais la sonnerie du téléphone ne l'entendit pas ainsi.

- Ici, Stéphanie. Bonjour patron. Devinez qui j'ai ici en salle d'attente !

- ?

- Bernard Meunier, mais oui ! Il voudrait vous parler.

- Magnifique, je descends.

- Nous descendons, corrigea Dédée en se penchant vers le combiné.

Les deux époux s'habillèrent en vitesse tandis que Paul, toujours méticuleux, notait sur son agenda : "Jeudi 5 juin. Bernard".

Dans la salle d'attente, ils reconnurent le jeune homme, plutôt sombre, assis entre un monsieur en noir, plutôt renfrogné, et une jeune femme élégante, plutôt nerveuse.

- Venez, Bernard, dit Paul. Ne restons pas ici, allons chez moi, en haut. Stéphanie, ajouta-t-il en ouvrant la porte du bureau, Stéphanie, bonjour. Occupez-vous de ces clients, voulez-vous ?

- J'en ai déjà un ici.

- Bravo, grommela Dédée, les affaires marchent, tant mieux.

- Entrez et asseyez-vous, Bernard, dit Paul le plus gentiment possible, après que l'ascenseur les eut amenés au onzième étage.

- C'est gentil d'être venu, crut bon d'ajouter Dédée.

Paul lui adressa un petit signe : "piano, piano", et Dédée passa à la cuisine en faisant une grimace. L'ancien policier arbora alors son plus beau sourire professionnel :

- Chez vous, cher Bernard, vous nous aviez promis de reprendre contact, et voilà qui est fait. Alors, quoi de nouveau, jeune homme ?

Bernard hésitait, visiblement :

- Voilà, monsieur, je voulais vous parler de Bamaouli, le Noir qui était avec nous au théâtre le soir du drame. Ce type m'importune, je le rencontre quand je ne veux pas. Il m'offre un verre, me pose des questions. Il me parle du pauvre Dominique, m'interroge sur les relations que j'aurais pu avoir avec lui. Je n'aime pas ça, mais là, pas du tout.

- Pourquoi ? Tout cela me semble assez banal. Vous avez fait connaissance au théâtre, vous avez échangé quelques mots, et maintenant il vous parle du drame auquel vous avez assisté l'un et l'autre. Quoi de plus normal ?

- Et c'est pour cela qu'il m'a un jour attendu à la porte de chez moi et m'a abordé en disant : « Ami Bernard, quelle bonne surprise ! » Et ça avec un sourire de nègre. Grand comme une tirelire !

- Mais c'est bien, ça ! Bon, dites-moi, vous aurait-il fait part de certains soupçons, de certaines remarques, à propos de ce qui s'est passé sur la scène ?

- Non… ou plutôt si. Il me parlait surtout de l'Arabe, de mes relations avec lui.

- Cet Ali que vous détestez, m'aviez-vous dit.

- C'est aussi ce que je lui ai dit. Puis, comme il me parlait encore de Dominique, je lui ai lancé, comme ça : « Foutez-moi la paix ! » Mais il a insisté et m'a invité à prendre un verre. Puis, on s'est revus.

- Tiens, tiens. Une question, encore. Vous a-t-il dit d'où il venait, où il habitait ?

- Il est Martiniquais et il a point d'attache à Nice.

- Selon ce que vous savez, verriez-vous en lui l'assassin ?

Bernard parut très surpris :

- Non… non… Mais maintenant que vous m'y faites penser… Il en est bien capable !

- Voyons, Bernard, je ne vous demande pas vos impressions. Seulement votre témoignage.

Le lycéen réfléchit, puis :

- Vraiment, je ne puis rien vous dire de plus. J'ajouterai que je n'aime pas beaucoup le nègre. Pourquoi donc court-il ainsi après moi ?

- Vous n'aimez ni le Noir, ni l'Arabe. Racisme ?

- Moi ?

- Bon. Une cigarette ? Non ? Une bière ? Non ? Alors, parlons d'autre chose.

Paul se redressa sur sa chaise et prit brusquement un ton plus sec :

- Pourquoi avez-vous tué Molécule, le chat du grand physicien Rocca di Bellavista, puis Marabout, le chien du mannequin de mode Alice Brunet, dite Wonder ?

Bernard sursauta comme si la foudre l'avait frappé :

- Moi ? Mais c'est faux !

- Non, Bernard. Restez calme, écoutez-moi. Ali m'a dit que vous disposiez du pistolet de votre père. Un souvenir de guerre, c'est ça ? Un 6,35, ajouterai-je.

Pas de réponse.

- Par votre père, je sais que vous aviez jadis un ami au Cap d'Antibes, Chemin des Nielles. Les parents de cet ami ayant déménagé après un cambriolage, leur villa est restée à l'abandon. Exact ?

Pas de réponse.

- Je continue. Le jeudi 29, vous vous rendez au Cap d'Antibes, abandonnez votre petite voiture quelque part et vous vous glissez dans le jardin de la villa désertée. Vous guettez et quand monsieur Rocca vient caresser son chat, vous tirez. Pourquoi avoir tué cet innocent animal ?

Pas de réponse.

- Soit, Bernard, je continue. Le samedi 31, vous savez que votre père va rencontrer Alice, sa maîtresse, sur le plateau des Courmettes. Vous y montez, en fin d'après-midi je pense. Vous cachez votre voiture près de la ferme et achevez la montée à pied. Vous guettez, vous observez, vous voyez votre père et Alice disparaître en chambre. Vous attendez le crépuscule, mêlé aux kabbalistes - ou aux raéliens peu importe. Votre père s'en va, Alice va prendre l'air avec son chien. Et vous tirez.

Voyant Bernard s'effondrer progressivement, Paul se leva, le secoua par les épaules et forçant brutalement la voix, il lança :

- Mais parlez, bon Dieu ! Parlez ! Tout cela est-il vrai, oui ou non ?

Le jeune homme fondit en larmes et balbutia :

- Oui, c'est vrai.

La tête de Dédée, un peu inquiète, apparut dans l'entrebâillement de la porte :

- Tout va bien ?

- Parfaitement bien. Monsieur avoue. Il a tué le chat et le chien.

- Oh, c'est cruel, fit Dédée sans trop de conviction.

Et elle se retira discrètement.

- Bernard, je vous félicite de votre sincérité. Maintenant, calmez-vous et dites-moi pourquoi tout cela. Parlez, lentement, à votre aise. Pourquoi le chat ?

- Pour venger Dominique. Souvenez-vous, au théâtre, Rocca avait brutalement provoqué Dominique, mon grand ami. C'est un peu à cause de cet Italien de malheur que Dominique a appelé le public sur scène pour une démonstration, une funeste démonstration..

Paul marqua une hésitation, puis :

- Vous n'aviez aucune intention de vous en prendre à Rocca lui-même ?

- Je ne suis pas un meurtrier, monsieur !

- Soit. Mais alors, qui donc aurait empoisonné votre ami ?

Bernard n'hésita pas une seconde :

- Le soi-disant John Wayne, bien sûr !

- Pourquoi lui ?

- Parce que c'est un dangereux gourou qui exploite les simples dans de soi-disant lieux de prière. À Castellane et autre part. En Belgique, au Portugal, en Espagne. Dominique avait tout un dossier à son sujet. Cela lui fut fatal.

- Ali, le collaborateur de Dominique, était-il au courant ?

- Probablement. Mais Weinaert l'a neutralisé en l'enfermant dans son repaire du Verdon.

- Et, ce soir-là, vous n'avez rien remarqué de suspect sur la scène ?

- Rien. Je vous l'ai déjà dit chez moi.

Bernard semblait se ressaisir.

- Pour en finir, parlons maintenant du pauvre chien. Pourquoi ?

- Je détestais cette Alice de malheur.

- Pourquoi ?

- Elle avait ensorcelé mon père.

- C'est mal, certes, mais ce n'est pas un crime. C'est tout ?

Le jeune homme devint soudain hésitant.

- Elle... Elle voulait... elle voulait en faire autant avec...

Le discours se mua en un hurlement :

- ... avec Dominique. Une femme... oser... Je l'en ai punie.

Là, vraiment, Paul ne savait que dire. D'autant plus que, maintenant, il devinait tout clairement. Trop clairement, peut-être.

- Dédée ?

La tête un peu inquiète de l'interpellée réapparut à la porte.

- Dédée, Bernard a été très franc, très complet. Mais ses récits l'ont un peu secoué. Veux-tu le reconduire à sa voiture.

Bernard secoua la tête :

- Merci, monsieur. Mais je crois que je n'ai besoin de personne...

- Et surtout pas d'une femme, se dit Dédée.

Sitôt le jeune homme parti, Paul retourna s'asseoir dans le bureau, l'air un peu abattu :

- Viens Dédée, installe-toi. Le gros handicap pour nous, dans cette affaire, c'est que nous naviguons dans un milieu que nous connaissons mal, très mal - et pour cause !

- Celui des tantouses ?

- Oui, le monde des pédés, des homosexuels. Ce sont des gens d'un abord aimable, serviable, et gentil en général. Très gentil même. Mais souvent aussi d'une sensibilité extrême, voire d'une susceptibilité maladive, déroutante. Et en outre, d'une grande versatilité. Je n'ai connu que de rares cas jadis, dans le travail, et il ne faut pas généraliser. Ici, nous en avons trois d'un coup, trois “zomos” !

- Exact : Dominique, défunt; Ali Ben Habib, désespéré; Bernard, novice.

Brusquement, Paul se redressa, prenant soudain une allure plus combative.

- Eh bien, Dédée, les choses avancent, malgré tout, et quoi que tu en penses. Mais oui ! Et maintenant, action ! Primo, Stéphanie va contacter notre Dupontd. Qu'il cherche et qu'il me trouve ce Bamaouli.

- Un Noir qui sera le dernier de nos “Dix Petits Nègres” ? Amusant, non ?

- Attention, chérie, le vrai “dernier”, c'est le grand lama Weinaert, actuellement en Belgique, donc hors d'atteinte pour nous. Aussi - et c'est là mon secundo - je vais en parler à mes anciens collègues de Bruxelles.

- Et ton tertio ? ?

- Ce tertio sera pour toi : trouver, à Cannes, les proprios du studio d'Ali et aller te présenter comme locataire possible. Tu entreras, tu jetteras un coup d'œil. Et puis, nous verrons.

- Bravo, monsieur le directeur général ! Cher Paul, je suis si contente de te retrouver !

- Pourquoi ? Oui, je sais. Je n'ai guère été brillant, ces derniers temps. N'est-ce pas ?

Dédée se contenta d'embrasser son cher mari.

*

Ce fut le soir, avant le dîner, que les époux échangèrent leurs renseignements et leurs impressions. Assis à la terrasse sud devant un petit porto, ils contemplaient l'immense paysage dont ils ne parvenaient pas à se lasser.

- Donc, disait Paul, tu as réussi à pénétrer chez Ali ?

- Sans problème. Les proprios étaient enchantés de ma démarche. L'Arabe, comme ils disent, l'Arabe n'a pas payé, n'a plus donné signe de vie. Aussi, ils ne savent que faire. Ils m'ont fait visiter les lieux : saleté, désordre, pagaille. Des livres, des bouteilles, des casseroles, des paquets informes dans tous les coins. Une vieille machine à écrire. Et que sais-je encore… Deux robes aux vives couleurs, vastes, flottantes. Des robes de femme, bien sûr.

- Rien d'autre à signaler ?

- Non, mais j'ai dit aux proprios que je reviendrai peut-être avec mon… mon ami. Je n'ai pas osé dire “mon mari”, tu comprends… Mais je ne crois pas que cela nous apportera quelque chose. À toi maintenant. Ton “secundo” ?

- J'ai eu Castain au téléphone. Tu te souviens, le petit Castain ? Il est maintenant commissaire à la PJ de Bruxelles. Il est parfaitement au courant des faits et gestes du sieur Weinaert. Il a ajouté, confidentiellement - très confidentiellement - qu'on prépare une grande opération contre la secte belgo-tibétaine. Il n'a pas pu - ou osé, ou voulu - en dire plus. Il se rappelle à ton bon souvenir et nous souhaite bien du plaisir au soleil de la Côte.

- Affaire à suivre, comme on dit dans certains milieux. Et ton "primo"?

- Succès! Stéphanie a eu les contacts voulus avec notre Dupontd et celui-ci a découvert sans peine le Bamaouli. Mieux, il l'a rencontré à Nice. « Vous êtes détective et travaillez pour l'agence Matari, n'est-ce pas? » lui a dit notre Noir, comme ça, tout de go.

- Non!

- Si! Dupontd en était estomaqué. « Que monsieur Gilson vienne me voir, samedi soir, rue de la Place Vieille, a-t-il ajouté. Je l'invite à assister à une séance de Vaudou. Cela ne pourra manquer de l'intéresser. Samedi soir, dix heures. »

Dédée ne pouvait cacher sa stupéfaction.

- Mais Paul... Qu'est-ce que tout cela peut cacher?

- Je n'en sais rien. On verra. Mais j'irai. Avec toi et avec Stéphanie.

- Comme au théâtre, il y a quinze jours?

- Pourquoi pas... J'ai brusquement l'impression que notre affaire va finir comme elle a commencé, par une séance de théâtre. Car cette invitation cache quelque chose, sans aucun doute.

- Encore une intuition? Eh bien bravo, monsieur Maigret!

*

Les Gilson aimaient beaucoup le vieux Nice, avec ses placettes, ses ruelles, ses boutiques pittoresques. Ils l'aimaient, mais s'y perdaient régulièrement.

- Nous y sommes! fit soudain Stéphanie. Et on nous attend, dirait-on.

Effectivement, un Bamaouli tout rayonnant s'avançait vers eux, les mains tendues.

- Cher policier belge, chère madame, quelle joie de vous revoir. Et vous aussi, mademoiselle Stéphanie, vous qui fûtes jadis journaliste, mais êtes aujourd'hui si brillante détective.

- Vous me connaissez à ce point? fit la jeune femme, un peu surprise.

- Mais oui, mais oui. À présent, suivez-moi. Ici, c'est mon pied-à-terre. Quant à la Macumba - la séance de vaudou - c'est là, un peu plus loin, dans cette montée allant vers le Château. Suivez-moi.

Et sans façon, il prit Stéphanie par le bras, bavardant familièrement.

- Nous y voilà, fit-il après l'escalade d'un large escalier. Voyez, c'est un théâtre, mais notre salle à nous est dans le sous-sol...

- Avant que nous n'entrions, dites-nous ce qu'est au juste, le vaudou?

Bamaouli prit soudain un air quasi professoral :

- Écoutez-moi, tous les trois. Le vaudou, c'est un culte animiste africain. Importé au moment de la traite des Noirs - triste passé ! - il s'est mâtiné de catholicisme et a gagné Haïti, les Antilles, le Brésil, l'Amérique du Sud. Dans le temple - le Humfo disons-nous - on invoque les esprits, les Guédés, qu'ici nous appelons les Ogoums, comme au Brésil.

- Pourquoi le Brésil? À Nice?

- Parce que notre Papaloir est brésilien.

- Le papaloir?

- Le Hougan, disons-nous aussi. Le prêtre, si vous voulez.

- Tiens, et que fait-il à Nice?

- Bagagiste au Négresco. Pendant la Macumba, il va prier Saint Denis pour nous protéger du Baron Samedi, celui qui règne sur le royaume des morts. Venez, la Mambo - ou la Mamaloi - nous attend.

- Si j'ai bien compris, fit Dédée, nous allons assister à une sorte de messe. Pourquoi nous y avoir invités?

- Pourquoi ? Par sympathie pour vous. Venez, je vous présenterai nos médiums. Vous pourrez les consulter. Ils ne se trompent jamais.

- Des médiums ? Dominique, notre Fakir, va se retourner dans sa tombe ! lança Paul.

Toujours souriant, Bamaouli rétorqua :

- Bien au contraire, c'est son esprit qui viendra vous parler. Je parie que cela intéressera votre enquête... Oui, c'est ici ! Entrons.

Les visiteurs débouchèrent sur un petit palier, dominant une cave voûtée. Une grande et belle négresse, tout de blanc vêtue, les accueillit avec une révérence.

- C'est notre Mamaloi, fit Bamaouli, toujours empressé, toujours souriant.

- Il fait sombre, remarqua Dédée. On y voit à peine.

- Certes, madame, et c'est voulu. Mais vous allez vous y habituer. Écoutez plutôt.

De la salle montait une mélopée répétitive, rythmée par d'invisibles tambours :

Ogoum Oya, Ogoum Oya,
Ogoum Oya è timélé
Ogoum Oya...

- Qu'est-ce qu'ils chantent ? demanda Paul.

- Une prière aux esprits, aux Ogoums, adressée ici à l'Ogoum Oya.

Paul et ses compagnes commençaient à distinguer une vingtaine de personnes alignées, des Noirs pour la plupart, hommes et femmes mélangés, frappant des mains en cadence :

Ogoum Oya è timélé
Patamoyi è timélé...

Les participants se mirent en mouvement, tournant en rond, certains s'inclinant devant un petit autel fleuri où trônaient deux statuettes, la Vierge sans doute, et un saint inconnu. Cela dura tout un temps, et brusquement un homme se mit à tournoyer sur lui-même.

- L'esprit ! Il est venu ! fit la mamaloi en jetant un regard à Paul. Je vais le recevoir.

Et tandis qu'elle quittait le palier, Bamaouli disait à Stéphanie :

- Ce monsieur, là, en blanc, avec une écharpe rouge, c'est notre hougan.

- Le grand prêtre ?

- Si vous voulez. Regardez bien, il dirige tout. C'est lui qui a imposé la cadence aux tambouillés.

- Vous voulez dire aux tam-tams, je suppose? demanda Stéphanie. Leur rythme est vraiment envoûtant. Vraiment...

Tandis que la petite foule continuait à tourner en rond et à chanter d'une voix sourde, deux femmes en boubou entamèrent une danse du ventre quasi orientale. Tout à son rôle de cicérone, Bamaouli se pencha vers Paul :

- Les hounssis nous offrent des grouillades !

- Plaît-il ?

- Excusez-moi. Je voulais dire que nos officiantes entament la danse sacrée. Et maintenant, voici nos médiums. Nos voyantes, si vous voulez.

Deux femmes, tout de blanc vêtues elles aussi, s'étaient détachées du groupe et s'avançaient vers le palier, tandis qu'un homme s'approchait d'elles, la main tendue, paume ouverte. L'une des voyantes lui fit de longues passes magnétiques puis lui examina les lignes de la main.

Le chant continuait, monotone :

Ogoum Oya è timélé,
Patamoyi è timélé
Ogoum Oya...

Et le chœur tournait, tournait, tournait. Lentement. En rond. Inlassablement.

- Allez, mademoiselle Stéphanie, allez donc, fit Bamaouli d'un ton engageant. Allez chez la voyante de gauche, là. Elle vous attend.

- Oui, allez-y, Stéphi, susurra Dédée. J'irai après vous !

Stéphanie hésita, puis descendit de l'estrade et tendit la main à la voyante. Elle sursauta lorsqu'elle entendit un râle à côté d'elle : l'homme qui tournoyait sur lui-même venait de s'abattre sur le sol. Le grand prêtre se précipita pour le relever et l'emporter.

- L'Ogoum est venu, dit sentencieusement Bamaouli.

Paul et sa femme regardaient Stéphanie qui, d'abord souriante, se mettait à pâlir puis quittait brusquement la médium.

- Qu'est-ce qu'elle t'a raconté ? demanda Dédée.

- Elle a parlé de la mer. De tempêtes, de naufrages. Mariez-vous vite, a-t-elle ajouté, demain il sera trop tard, le bateau sera parti. Je n'aime pas ça, mais là pas du tout.

- Tu songes à ton bel officier ?

- Tais-toi !

Paul jugea utile d'intervenir :

- Voyons, Stéphanie, tout cela est de la foutaise, vous le savez bien.

De son côté, Bamaouli jouait au monsieur qui n'entend rien.

- Allez-y, madame, c'est à vous, dit-il à Dédée. On vous attend.

Dédée regarda son mari, lequel haussait les épaules.

- Bien, bien. J'y vais.

Ogoum Oya è timélé,
Patamoyi è timélé
Ogoum Oya...

Après quelques passes magnétiques, la voyante, une toute petite bonne femme au teint métissé, jeta un coup d'œil vers Bamaouli et s'empara de la main gauche de Dédée.

- Celui auquel tu penses est un traître. Comme Judas. Oui, comme le petit Judas qui a trahi le grand Jésus, et l'a fait mourir.

La voix était chantante, avec un accent créole nullement désagréable.

- Va vers le petit Judas, va et tu sauras. Va.

Dédée se demandait si elle ne devait pas rire (au moins intérieurement) tout en continuant à écouter le plus sérieusement du monde.

- Tu es amoureuse, alors tu dois aider celui que ton cœur a choisi. Va chez le petit Judas. Il cache des choses, il cache son poignard. Va, jolie femme !

Et la voyante tourna le dos à sa cliente.

Plutôt perplexe, Dédée remonta sur le palier, racontant à Paul et à Stéphanie les détails de l'étrange révélation. Un peu à l'écart, Bamaouli gardait son éternel sourire, tandis que le chœur et les tambourins continuaient sans désemparer :

Ogoum Oya, Ogoum Oya...

- Ça suffit comme ça, fit brusquement Paul. Monsieur Bamaouli, nous vous remercions très vivement de votre invitation. Mais il est temps de nous retirer. Non, ne bougez pas, ne nous accompagnez pas, nous retrouverons le chemin.

- Quelque chose ne va pas? demanda l'interpellé avec un drôle de sourire.

- Non, non, fit précipitamment Dédée. Tout va très bien. Mais nous voulons prendre l'air, et parler entre nous de ce beau spectacle que vous nous avez si gentiment offert.

Quittant la cave, ils entendirent, assourdie, et pour une dernière fois, l'obsédante chorale :

Ogoum Oya è timilé
Patamoyi è...

- Qu'est-ce que... Qu'est-ce que tout cela veut dire?

Comme ils quittaient la montée et ses escaliers, Dédée s'écria d'un coup :

- J'ai trouvé, j'ai trouvé ! Le petit Judas, c'est le Petit-Juas, la traverse du Petit-Juas. Voyons, chéri, tu sais ! La ruelle où sont les studios de Dominique et de son adjoint tunisien.

- Comment cette femme aurait-elle pu savoir tout ça ? fit Stéphanie. Et pour moi, ajouta-t-elle inquiète, qu'a-t-elle voulu dire ? Le bateau qui va partir ? Romain me quitterait-il ?

- Calmez-vous, Stéphanie, fit Paul en lui tapotant l'épaule. Foutaise, que tout cela !

- Non non, chéri ! reprit Dédée de plus en plus excitée. La voyante a vu, bien vu, et elle a voulu m'avertir.

- Je te dis qu'elle n'a rien vu du tout ! Du calme, du calme ! Je tirerai tout cela au clair.

- Non, non et non, chéri ! Les voyantes, cela existe ! Quand je pense à ce pauvre Dominique qui les a tant combattues ! Eh bien, il avait tort ! Tout à fait tort de s'en prendre à des choses qui lui échappaient, qui le dépassaient !

- Voyons, Dédée !

- Et si tout cela était quand même vrai ! Hein ?

*

Ils passèrent une très mauvaise nuit. Au réveil, Dédée lança :

- Paul, nous devons y aller, tout de suite.

- Où ça ?

- Chez le Petit-Juas !

- C'est toi-même qui m'as dit qu'il n'y a là rien à voir !

- La voyante m'a fait changer d'avis. Allons-y, maintenant !
- Mais c'est dimanche, aujourd'hui !
- Pas d'importance.
- Et si les proprios ne sont pas là ?
- Tu emporteras ton passe-partout.
Paul poussa un profond soupir :
- Bien, bien. Déjeunons, quand même.
Au moment de partir, Dédée plongea dans le bureau et fouilla dans un dossier dont elle sortit quelques papiers qu'elle glissa dans son sac.
- Que fais-tu ?
- Tu verras, tu verras...
Au Petit-Juas, ils n'eurent pas besoin de passe-partout. Les proprios, deux vieilles personnes très obligeantes, leur ouvrirent la porte du studio d'Ali Ben Habib.
- Pouvons-nous vous aider, monsieur ?
- Je vous remercie, fit Paul en sortant sa vieille carte, à tout hasard. Nous sommes de la police. Enfin, police privée, veux-je dire. En rapport avec la PJ de Cannes.
- Bien, bien, faites comme chez vous, fit le vieux monsieur, un peu estomaqué.
À peine entrée, Dédée bondit vers la machine à écrire, une antique Underwood, et se mit à recopier l'un des documents qu'elle avait emportés.
- Tu vois, hein ! La voyante avait raison. Cet Ali était un traître ! Tiens, lis et compare : « Arrête, immonde personnage. Sinon, l'une de tes soi-disant expériences sera pour toi la dernière. » Tu vois ? Je viens de copier l'une des lettres de menaces que Rochaigues avait reçues et remises à Stéphanie, la lettre signée : « L'Ordre du Temple Solaire » Cette lettre, et les deux autres que nous n'avions pu identifier, avaient été toutes trois tapées sur la machine du cher Ali. Regarde, le caractère "e", écorné. Typique ! Les trois fameuses lettres ont été rédigées ici et envoyées par Ali-Judas !

- Oui, en effet, fit Paul. Mais pourquoi cela ?

Il ne semblait se rendre que difficilement à l'évidence, à l'encontre de sa femme, de plus en plus excitée.

- Et maintenant, cherchons, fouillons, fit-elle. D'abord la salle de bains. Quand je suis venue seule, l'autre jour, j'avais cru y apercevoir quelque chose de pas habituel.

Le "quelque chose" était un petit laboratoire, très classique au demeurant : bec Bunsen, trépied, cornue, flacons, deux ballons, des bouteilles.

- Tu vois, chéri ?

- Rien d'étonnant, Ali était professeur de chimie, nous le savions.

- Bien sûr. Mais regarde ce flacon vide. Que lis-tu ?

Mettant l'objet sous le nez de son mari, Dédée proclama, triomphante :

- Acide cyanhydrique. Le poison qui a tué le fakir ! "Le poignard", comme m'avait dit hier la voyante, le poignard, le voilà !

Sans partager l'enthousiasme de sa femme, Paul réfléchissait.

- Donc, fit-il lentement, Ali serait l'assassin. Mais ce flacon n'est pas une preuve suffisante. Pas plus que les lettres, d'ailleurs.

- Soit. Alors cherchons, monsieur le policier...

Et ils se remirent à fouiller, - à fouiller le fouillis - péniblement, consciencieusement. Ils soulevèrent le matelas, sondèrent la garde-robe, ouvrirent une malle, dégarnirent les étagères, vidèrent un petit secrétaire...

- Rien, sinon des notes de cours.

Machinalement - ou professionnellement ? - Paul passa la main sous le tiroir du secrétaire.

- Qu'est-ce que c'est que ça ? Une enveloppe collée au tiroir. Regarde... Un texte...

Une écriture grande, chaotique... Lisons :

« Domi, je t'aime, je t'aime, et je te hais. Je te hais parce que tu m'as exclu et tu as choisi à ma place ce sale gamin. Je te hais mais je t'aime, et pour sauver notre amour, tu devais disparaître. Que la police ne cherche pas, c'est moi, c'est moi, Ali. »

Les Gilson se regardèrent longuement, sans un mot.

- Voilà, fit Paul après un moment, voilà qui met un terme à la mission confiée à l'agence Matari. Demain matin, je remettrai le dossier à notre ami Morand. Qu'il se débrouille maintenant avec son juge d'instruction normand...

Il embrassa sa femme, ajoutant :

- Merci chérie, c'est à toi que nous devons ce beau succès.

- Non Paul, c'est à la voyante du Vaudou.

Gilson bondit, s'écarta de sa femme mais la fixa en la tenant par les épaules :

- Dédée, chère Dédée, la voyante n'a été qu'un instrument. Quelqu'un a voulu nous envoyer ici, dans ce studio ! Je veux savoir qui, et pourquoi. Je t'ai dit hier que je tirerai cela au clair. Eh bien, droit sur Nice ! Nous allons extraire le Noir de son dodo, et il faudra bien qu'il dise quelque chose. Sinon, il se retrouvera devant le commissaire Morand.

*

- Ouvrez ! Bamaouli, c'est nous, vos amis d'hier soir ! Ouvrez !

Paul et Dédée tambourinaient vigoureusement, et la petite porte de la rue de la Place Vieille finit par s'ouvrir, laissant apparaître un Bamaouli mal réveillé. Les visiteurs eurent le temps d'apercevoir un lit défait et une grande silhouette, noire et nue, qui s'enfuyait vers une autre pièce.

- Entrez, fit le Noir, mais ne faites pas attention... Mon vrai domicile est à Marseille et ceci n'est qu'une résidence secondaire. Très secondaire, vous le voyez...

Toujours aimable, il ajouta :

- Que puis-je pour votre service ?

- Nous dire la vérité, fit Paul, un peu sèchement.

- Quelle vérité ?

- La seule, la vraie, monsieur. Par quel soi-disant miracle votre soi-disant voyante a-t-elle pu donner à ma femme des détails si précis que nous avons pu identifier sans peine l'assassin de Dominique Rochaigues ?

- Comment cela ?

- En allant fouiller son studio, ce matin même, tout simplement.

- Asseyez-vous, fit le Noir en refermant la couverture et en montrant le lit, seul siège disponible dans la petite pièce. Je vais vous expliquer, tout cela est très simple. Philomène, appela-t-il, apporte-nous un petit café, s'il te plaît.

- Bien, Théo, fit l'interpellée en passant la tête.

- Je la reconnais, cette dame, fit Dédée, c'est votre grande prêtresse !

La dite grande prêtresse - la mambo, se rappelait Paul, à présent vêtue d'une tapageuse robe de chambre et coiffée d'un madras - serra les mains :

- Bonjou', missié. Bonjou' madame. J'appo'te du bon café ?

- Bonjour, bonjour, et merci, madame. Maintenant, je vous écoute, Bamaouli.

Le Noir hésita, puis lança tout à trac :

- Je suis le grand ami de Bernard Meunier.

- Tiens, fit Paul. J'avais cru apprendre qu'il vous détestait.

- Pas du tout ! Méfiez-vous des gens du troisième sexe, et de ce jeune homme en particulier. Croyant vous faire plaisir, il vous racontera n'importe quoi.

- Soit. Et comment le connaissiez-vous ?

- Par son père.

- Et son père ?

- Par Alice. Vous savez qu'elle s'intéresse à tout ce qui est ésotérique et ainsi a-t-elle voulu s'initier au vaudou.

- Bien. Et que disait monsieur Meunier?

- Il me demandait de veiller sur son fils. De le protéger. Monsieur Meunier voyait d'un fort mauvais œil les gens que fréquentait Bernard. En particulier le fakir, mais aussi le Tunisien. Et pourtant, Bernard haïssait celui-ci.

- C'est ce qu'il m'a déclaré.

Dédée, qui écoutait attentivement, leva la main :

- Ceci ne nous dit pas comment votre voyante avait pressenti la vérité. Elle a des dons, certes, mais…

- Mais vous l'avez aidée, n'est-ce pas? fit Paul.

- Oui, je l'ai chargée de vous révéler ce que Bernard m'avait appris.

- Et pourquoi ce détour?

- Bernard ne voulait pas accuser lui-même le Tunisien. Vous devez savoir qu'entre les gens de ce milieu si spécial, il existe une grande solidarité.

- Et comment Bernard connaissait-il la vérité?

- Tout simplement parce que…

- Bon café, missié, madame, coupa la mambo en apportant un plateau garni de tasses.

- Merci, madame. Alors, Bamaouli, vous disiez?…

- Je disais… Ah oui, je disais que Bernard, pris de doute, s'était glissé dans le studio d'Ali, le lendemain du meurtre. C'est ce que vous avez fait, n'est-ce pas? Et probablement aura-t-il alors découvert certains des indices que vous avez mis au jour ce matin.

Paul et Dédée se regardaient, prenant en silence leur café.

- Eh bien, mille mercis, monsieur Bamaouli. Vous dirais-je que ma femme ici présente avait pris votre voyante très au sérieux. Tu y as cru, n'est-ce pas, chérie?

- Normal, n'est-ce pas, fit Bamaouli d'un ton conciliant. Nos voyantes sont réellement douées, et jamais nous n'intervenons dans leur inconscient.

- Sauf cette fois-ci ?

- Oui… Je voulais apporter une contribution professionnelle à votre enquête.

- Professionnelle ?

- Vous ne le saviez pas ? Tenez, voici ma carte.

Et c'est avec le plus grand étonnement que Paul et Dédée lurent :

Théophile Bamaouli
Détective privé
215 Rue de la Joliette
13001 - Marseille

Devant leurs mines stupéfaites, Bamaouli partit d'un grand éclat de rire :

- Vous croyiez que tous les détectives de France étaient des Blancs ?

* * * * *

Dernier épisode

À quelque temps de là, Paul, assis dans son bureau, ouvrait, sans se presser, une enveloppe contenant une coupure de journal arrivée de Bruxelles le matin même.

- Dédée, viens vite et écoute. Un article du Soir. C'est mon ex-collègue Castain qui nous l'envoie.

Et comme Dédée, un peu intriguée, s'asseyait en silence, Paul lut posément :

Opération "Soleil" contre la secte belge OKC

C'est sans doute la plus grande opération policière franco-belge jamais réalisée contre une secte : hier, à 13 heures, 200 gendarmes belges et 130 gendarmes français ont investi, en Belgique et en France, les locaux de la secte d'inspiration bouddhiste "Ogyen Kunzang Chöling", dite OKC (littéralement : Domaine de la Lumière Claire).

Outre le site "Château de Soleils" à Castellane (Haute-Provence), bouclé sur un périmètre de plus d'un kilomètre, les opérations policières ont porté sur l'agglomération bruxelloise où la secte dispose de nombreux immeubles dans le quartier de l'avenue Louise.

- Tu te souviens, Dédée ? Aussi bien le maire de Castellane que notre ami le commissaire Morand, l'un et l'autre avaient parlé - à mots couverts, ô combien ! - d'une opération qui se préparait contre l'OKC.

- Oui, et la suite ?

- Voici :

Les perquisitions étaient toujours en cours hier soir, bien que l'opération ne doive plus connaître de développements ultérieurs. Pour la bonne raison que le gourou de la secte a été appréhendé. Il s'agit d'un Belge, résidant à Uccle ; connu sous le nom de Jan Weinaert, ou encore lama Kunzang, il s'appelle en réalité Ralf Schwart. La perquisition de sa très luxueuse villa d'Uccle a permis de découvrir quatre petits locaux près de la piscine, dont deux pouvaient être fermés par une solide porte. Cellules monacales ou cellules moins avouables ?

- Mais, coupa Dédée, j'en ai vu une, de ces cellules, dans le Domaine de Soleils. Je te l'avais signalé. Et ensuite, que dit l'article ?

- Pas grand-chose, sinon ceci :

Schwart-Weinaert a été placé sous mandat d'arrêt, mais il nie tout en bloc.

- Tout est bien qui finit bien, fit sentencieusement Dédée.

- Non, ma chère, écoute maintenant ce que je trouve dans Nice-Matin :

Opération policière contre une secte française.

La gendarmerie, en collaboration avec sa consœur belge, a mené une opération...

- Et cetera, et cetera... Mais voici le passage qui nous intéresse :

Les gendarmes avaient aussi pour mission d'appréhender, au Château de Soleils, un certain Ali Ben Habib, présumé coupable du meurtre commis sur un petit professeur nommé Dominique Rochaigues. L'assassinat par empoisonnement avait eu lieu sur la scène du théâtre Alexandre III à Cannes, au cours d'un spectacle de music-hall dont nos lecteurs se souviendront peut-être. C'était le samedi 24 mai.

- Nous nous attendions à cette arrestation, n'est-ce pas?
- Écoute la suite :

À la grande surprise des gendarmes, le corps sans vie d'Ali Ben Habib fut découvert dans une véritable cellule, fermée par une forte porte. Le malheureux s'était pendu, ce qui met fin à l'action judiciaire. Une enquête est néanmoins ouverte sur place.

- Que dire ici, chérie, sinon « pauvre Ali ! ». Quand même...

* * * * *

En guise de postface

Cher lecteur, chère lectrice,

Vous dirais-je ici, comme à la fin d'un roman précédent(1), qu'en dehors de la trame générale, à la fois policière et romanesque, je n'ai rien inventé, ou presque. Je me suis contenté de changer certains noms, certains lieux, certaines dates. Prudence ? Peut-être. Délicatesse ? Sans aucun doute.

Par exemple : j'étais encore étudiant lorsque j'ai effectivement assisté à un débat contradictoire entre un fakir de music-hall et un jeune intellectuel(2). À la surprise générale du public, il ne s'agissait là que d'une seule et même personne !

Sur le Plateau des Courmettes, j'ai vu, de mes yeux vu, un "arbre" kabbalistique. Au lieu des dix sphères traditionnelles(3), il en comptait onze ! Je n'ai jamais su pourquoi...

Par contre, je n'y ai pas rencontré de raéliens. Leur existence m'avait été révélée, une première fois, par un très bon numéro des Dossiers du Canard(4), dans la rubrique La méthode "secoués".

Depuis lors, cette secte a soudain fait parler d'elle dans les médias du monde entier, lorsqu'elle a bruyamment annoncé, à la fin de l'année 2002, la naissance d'un premier bébé conçu, selon elle, par clonage !

C'est dans le même numéro des "Dossiers" que l'on trouve mentionné, sous le titre "Le Cantique des Quantiques", le nom d'un très grand physicien français, cité là en tant qu'auteur d'une théorie contestée que j'ai attribuée, ici, à un professeur italien. Et toujours dans le même "Dossiers", au chapitre "Les contremaîtres à penser", voici Paco Rabanne et sa chère parapsychologie.

Je ne veux pas parler de l'Opus Dei, sinon pour rappeler qu'il vient de bénéficier, lui aussi, d'une solide poussée médiatique, grâce à la canonisation de son fondateur le 6 octobre 2002. Et je n'en dirai pas davantage de la doctrine paramédicale du docteur Hamer, plus discrète certes, et dont une mienne amie praticienne m'avait remis la brochure "Le décodage biologique des maladies".

Il n'y a guère, un ingénieur belge a longuement séjourné dans le Jabron et y a élaboré un bouquet de théories plutôt étranges qu'il a résumées en trois volumineux ouvrages. Si, un jour, vous allez jouer au touriste dans les célèbres gorges du Verdon, faites donc un crochet par la départementale qui joint Castellane à Trigance et arrêtez-vous au gentil restaurant Moulin de Soleils. Vous y trouverez, en vente, une abondante documentation sur les mystères du Château de Valcros et des Templiers du Jabron.

Quant à la secte belgo-tibétaine OKC, elle existe bel et bien et a été l'objet des sollicitudes simultanées des gendarmeries belge et française. Le petit article que je mentionne dans mon "dernier épisode" est un extrait authentique, à des détails près, d'un long article paru dans "Le Soir" de Bruxelles, le 31 mai 1997.

Et le vaudou ? Ma femme et moi avons eu la grande chance d'assister, comme invités, à une authentique "macumba", à Rio de Janeiro. Dans le présent livre, je n'ai donc fait que raconter ce que nous avions vu, entendu et enregistré dans un film super-huit sonorisé. Je ne sais pas s'il y a des macumbas à Nice, mais je puis garantir qu'il y en a à Paris.

Et Molécule? me demanderont les âmes sensibles. Il va très bien, merci de sa part. C'est l'enfant chéri de ma belle-fille, chimiste de son état - et nullement adepte, elle, de la Méditation Transcendantale du Maharishi Mahesh Yogi ![4]

Comment terminer cette postface sinon en reprenant une phrase d'Umberto Eco[3], phrase que j'avais déjà citée autre part[5] : « Le drame, aujourd'hui, ce n'est pas que les hommes ne croient plus en rien, c'est qu'ils croient en tout. »

Croyez, chère lectrice, cher lecteur...

Votre auteur.

Terminé à Mandelieu-La-Napoule
en ce beau jour de la Saint-Nicolas 2002

---

1 P.V. Grosjean Trésor... Vous avez dit Trésor?
Les Presses du Midi, Toulon, juin 2002
2 P.V. Grosjean Les chats n'ont-ils pas neuf vies?
Les Presses du Midi, Toulon, mars 1999
3 Umberto Eco, Le pendule de Foucault
Grasset, 1990
4 Les dossiers du Canard, Le grand bazar du bizarre
Paris, juin 1990
5 P.V. Grosjean, Grandes mystifications d'hier et d'aujourd'hui, paru à Mons en 1994 dans Les mémoires de la Société des Sciences, des Arts et des Lettres, du Hainaut (Belgique) et non de la Côte d'Azur !